北方的河

〇单行本

张承志 著

青海出版传媒集团
青海人民出版社

图书在版编目（CIP）数据

北方的河 / 张承志著. -- 西宁 : 青海人民出版社，2018.6（2025.7重印）
ISBN 978-7-225-05584-8

Ⅰ. ①北… Ⅱ. ①张… Ⅲ. ①中篇小说—中国—当代 Ⅳ. ① I247.5

中国版本图书馆 CIP 数据核字（2018）第 130741 号

北方的河

张承志　著

出 版 人　樊原成
出版发行　青海人民出版社有限责任公司
西宁市五四西路 71 号　邮政编码：810023　电话：（0971）6143426（总编室）
发行热线　（0971）6143516 / 6137730
网　　址　http://www.qhrmcbs.com
印　　刷　青海新宏铭印业有限公司
经　　销　新华书店
开　　本　890 mm × 1240 mm　1/32
印　　张　5.875
字　　数　90 千
版　　次　2018 年 9 月第 1 版　2025年7月第6次印刷
书　　号　ISBN 978-7-225-05584-8
定　　价　26.00 元

作者像

我相信，会有一个公正而深刻的认识来为我们总结的：那时，我们这一代独有的奋斗、思索、烙印和选择才会显露其意义。但那时我们也将为自己曾有的幼稚、错误和局限而后悔，更会感慨自己无法重新生活。这是一种深刻的悲观的基础。但是，对于一个幅员辽阔又历史悠久的国度来说，前途最终是光明的。因为这个母体里会有一种血统，一种水土，一种创造的力量使活泼健壮的新生婴儿降生于世，病态软弱的呻吟将在他们的欢声叫喊中被淹没。从这种观点看来，一切又应当是乐观的。

1

他一直望着那条在下面闪闪发光的河。那河近在眼底。河谷和两侧的千沟万壑像个一览无余的庞大沙盘，汽车在呜呜吼着爬坡，紧靠着倾斜的车厢板，就像面临着深渊。他翻着地图，望着河谷和高原，觉得自己同时在看两份比例悬殊的地图。这峡谷好深哪，他想，真不能想象这样的峡谷是被雨水切割出来的。峡谷两侧都是一样均匀地起伏的黄土帽。不，地理书上的概念提醒着他，不叫“黄土帽”，叫“墚”和“峁”。要用概念描述。他又注意地巡视着那些墚和峁，还有沟和壑。这深沟险壑真是雨水冲刷出来的？他望着黄土公路上的小水沟想。早晨下了一场透雨，直到现在水还顺着那些小沟，哗哗地朝着下头深不可测的无定河谷流着。汽车猛地颠了一下，他紧紧握住车厢板，继续打量着底下深谷里蜿蜒的无定河。那浑黄的河水在高原阳光的暴晒下，反射着强烈的光。天空又蓝又远，清澄如洗。黄土帽——墚和峁像大海一样托着那蓝天。淡黄的、微微泛白的墚峁的浪涛和天空融成了一片。他觉得神清气爽，觉得这大自然既单纯又和谐。“蓝格莹莹的天”，他哼了声民歌，心里觉得很舒服。解放牌大卡车载着他好像在沟壑墚峁的波峰浪谷里疾飞前游。

他对着高原，竭力想把视野里的景观记住。他皱着眉头，回忆着《中国自然地理》中那些专门概念的内容。“曲流宽谷”，突然一个概念跳了出来，他不禁微微笑了。书上把他正在卡车上穿过的这条无定河大河沟叫作“曲流宽谷”。有意思，难道“曲流宽谷”和“拐弯大沟”有什么严格的区别么?不过，在试卷上要是写上“拐弯大沟”或是“老黄土帽中的拐弯河大深沟”，考研究生的事就保险告吹。似乎那本书上还有些更严格的条条框框，但他想不起来了。不过他总算记住了一个曲流宽谷，而且是对着地图和大地记住了它。曲流宽谷，他又嘟囔了一声，然后转过身来，随即用手牢牢地握住车厢板。

满满一车老农民。他瞧着车里不禁又微笑了，今天他的心情特别好，就像跳高运动员在春季运动会的早晨看见了一个晴朗无风的好天气。一车老农民在解放牌车厢里颠着晃着哪。打盹的打盹,说话的说话。说话的用粗嘎的陕西腔吼着,满不在乎马达的轰鸣和呼呼的风吼。他估计这些农民全都是从自由市场得胜回乡的。早晨在绥德车站买票时,他亲眼看见那个扎蓝边白毛巾的老头口气蛮大地呐喊:“加车,加个大轿子么!咋——加个‘解放’!”可这会儿那老头正稳稳地靠着驾驶室后窗坐着,一面扯着嗓子说着什么,一面警觉又故意不露声色地环顾着车上的动静。那个红脸青年可嫩多啦,两手紧紧捏住一个小黄挎包,一声不吭地背着众人独坐。后挡板外面翻滚的黄尘一阵阵吞没了他。“枣子!河畔枣子!”他记得这青年昨天在绥德城关这样瓮声瓮气地叫卖。全是农民,朴实的、小康的、可爱的、自有主意的农民。他们从绥德老城卖了货,挣了钱,现在回来了。那两个白胡子和花白胡子老汉不会是卖货的,应当是串门走亲戚的。他们全回来了。从陕北名城绥德回到他们的无定河两岸上下的窑洞里和庄户院。婆姨和娃娃正轧好了、扫净了炕席等着他们。层层波涛般的沟壑墚峁和蓝莹莹的天、浊黄的水都在等着他们。他心里觉得踏实。从学校里一出来他就觉得踏实,不管黄土从后挡板上面卷过来时,他怎样呸呸地吐着嘴里的沙子,他还是觉得踏实。这条浑浊的河,这片无边无际的黄土山帽和这蓝得质朴的天,都使他踏实。

他看见车厢左前角站着一个女的。他打量了几秒钟以后就断定，这是个北京人。她背对着他默默站着，他感到这女的有意避着他。两个插队出身的北京学生一眼就能彼此认出来，他猜她准是早就发现了自己。卡车歪歪地闯过一道楞坎，满车农民被颠得东倒西歪，但是那女的还是僵直地站着，坚持着一动不动。这是个和我差不多的，老插队出身的北京姑娘，她在避着我哪。他觉得挺有意思，他不由得又望了望她的背影，他觉得这背影很够味儿。

他愉快地吹了声口哨，把手翻转过来握紧车厢板，重新面对着荒莽的黄土高原。当卡车颠得蹦起来的时候，他开心地回头瞟着车里。在那些农民当中他最佩服那个红脸青年。那个棒小伙严肃庄重地坐在车尾，根本不理睬倒卷来的黄土。好后生，他用陕北式的口气自语着，满怀兴趣地端详着那小伙儿安静老实的模样。真是个安分的朴实后生，浑身肌肉鼓鼓的。他不由得展开手掌，然后又轻易地把车厢板握牢。他觉得他的手很有劲，老破卡车蹦一米高也不会使这双手松开，他心里很愉快。等停车吃饭的时候，他盘算着，我要用陕北话和那后生攀谈一番。“清涧的石板瓦堡的炭，米脂的婆姨绥德的汉”，所以这后生的婆姨应当是米脂人，她这会儿也许正给这小伙儿纳鞋底呢。这一路的高原河水、风土人物都和黄色的墚峁一样让他感受清新。对，他心里说，挑选这个专业是对的，地理科学。单是在这样的大自然和人群里，就使他觉得心旷神怡。汉语专业无论怎么好，也不能和这个比，这才是个值得干的事业。我就选中这些河流作为研究方向，他暗暗地下着决心。

上星期毕业典礼时，教语音学的秦老师最后地对他苦口婆心了一番。而他说，不，秦老师，我还是说实话吧，这一行不对我的心思。论文得个五分，并不能说明我就是搞汉语语音学的材料。我想挑个更对我口味的专业干它一辈子。我很感谢您，真的，老师。我觉得这四年汉语学得很值。将来谁能离得开语言呢？

幸亏颜林他爹是搞自然地理的。没想到当年我和颜林拥着一床皮被在阿勒泰南坡露宿，居然成了今天为一生从事的专业作出选择的机缘。他回想着以前回北京去颜林家串门玩时的情景，那时老头经常坐在一个破沙发上对他畅谈地理知识。那干瘦老头居然能从青藏高原扯到海南岛，从太行山扯到黄果树瀑布。他挖空心思想打败老头，于是亮宝似的把自己串联去过的地方一个个说出来。而老头随着他不安分的思路，如数家珍地大讲那些地方的地质成因、地貌特点，以及有什么河，河拐什么弯，夏天有多大洪水，冬天结多厚的冰。这还不算，连山上有什么岩洞，树上长什么叶子，老百姓种什么庄稼，老头全一清二楚。每次他离开颜林家时都暗暗称奇。哦，没想到，他想，原来那时听的故事已经在我心里扎根发芽啦。

他极端尊重秦老师的语音学，特别是方言调查理论。他在写毕业论文的那段时间里，不仅真真切切地触到了科学的冰凉而坚实的质地，而且有些天他几乎被这种不苟一音的、规律强大的领域迷住了。可是，当他熬到半夜，最后把三千字的一节删得只剩下二百来字的干货，终于扔掉笔，卷了一根烟点燃，靠在下铺同学的被子上以后，他又觉得不对劲。他惊奇地感到自己胸膛里的那颗心正慢慢苏醒过来，一层层重新滋润，一下下不安地敲打着他的胸肌。那颗心就好像小时候的二宝，热情地爬上他家窗台，邀他上哪儿去疯玩胡逛。这可不行!他害怕了，语音学要用三倍的安静、十倍的细致，循着铁轨一般的规律默默地干。这行当不太照顾他这颗小兔子般的心脏。那天晚上他失眠了，辗转地考虑了大半夜。后来他曾经拐弯抹角地找过起码一打教授和副教授，打探各种专业的底细。后来有一次颜林的老爹出差来新疆，到他们学校看他，他问道："一个有四年制汉语专业本科生基础，一门半外语，六年插队新疆历史，具有一定热情和干劲，身体条件良好的三十多岁老青年——究竟选择什么职业最好？"瘦老头斩钉截铁地回答：

“地理。毫无疑问，只有地理。”

他不禁苦笑了，眼睛还出神地盯着那个红脸后生。没想到这些话当了真：还有三个月，也许是两个月，他就要走上人文地理学研究生考试的考场。如果能参加人文地理学的考试，他就不用害怕自己的文科出身和高等数学的威胁。而据颜林他爹说，北京有位姓柳的老教授，几十年一直研究人文地理，目前正要大开山门，物色门徒。一切信号都是绿色，一切迹象都像这陕北高原的气息一样，显示着生机和美好。他在毕业前那阵乱哄哄的日子里啃完了一大堆地理系的讲义、小册子和一本《地表水》，并且刚刚把德国地理学家李希霍芬(Richthofen)的名著《中国》日文版第一卷借到了手。现在，天空晴朗湛蓝，风儿正吹满篷帆，他朝着亲自选定的那个目标启碇开航了。

促使他最后斩断了种种迟疑的是毕业分配。“计划生育办公室!”他气得火冒三丈。秦老师惋惜地说，这是照顾你家在北京，只有这么一个名额啦。他铁青着脸什么也没有说，他知道秦老师也很不舒服，因为这个结果对她谆谆开导他的那些方言调查理论也是一个大嘲笑。等秦老师端着饭盒走开以后，他突然狂怒地把两个饭碗砸在水泥地上。他踩着粉碎的白瓷片，撞开拥塞的人群，一直冲出了食堂。他当天就去图书馆借来了地理系的讲义。

那个红脸膛的陕北小伙儿突然站了起来，朝他憨憨地一笑，满车赚足了钱的农民都拍打着身上的黄土——卡车正慢慢地停住。他吃惊地朝车外一望：

青羊坪——三个白粉大字一下映入了他的眼睛。

他一下车就觉得眼花缭乱。炫目的阳光直射着这个河岸台地上的小镇。一点儿也回忆不起来啦，他惊奇地想。他完全回忆不起当年这里有些什么建筑和什么景物。那时我急得心火上蹿，因为我连自己被大卡车拉到了哪里全都不知道。他感慨地走在一条土巷子里，默默地想着。那天，为了避免暴露扒车者身份，他只是查对着一本薄薄的《革命串联地图》，猜测着卡车前进的方向。他只猜对了一点：这车从绥德东关一钻出来，就根本没有去什么军渡或宋家川，而是一头向东南扎下去，顺着无定河的大深沟，顺着“曲流宽谷”。

他追了两步，赶上那个红脸小伙子，在他肩头上拍了一下：“后生！”那小伙儿朝他转过晒得红红的脸来，清澈单纯的大眼望着他。“吃饭嗑么，后生？”他问。那次来陕北，他一共学会了三句陕北话：嗑、解下、相跟上。前两句一个是“去”，一个是“懂”，第三个和普通话意思一样，因为这说法又淳朴又文雅，所以他也一并记住了。这时他兴致勃勃地试验了第一句。

那后生又憨憨地笑了，赤裸的粗脖颈闪着健康的黑红色。“嗯。”他不好意思地答道。

“相跟上——咱们一块去吧!”他只说了半句陕北话，库存就空了。“我的话，你解下解不下？”他干脆把最后一句也抛了出来。幸好那后生宽容地说：“解下了。”于是他俩相跟上顺着土巷子往前走。

街巷上小饭棚、小客店鳞次栉比。他和那后生买了些白荞麦面皮的、包着粉条、菜和一点清油的馅饼。那饼炸得又黄又脆，他香甜地边走边吃，和那后生攀谈着，不断地使用“嗑、解下、相跟上”三个陕北词。当他们会钞时，他瞥见了黄帆布包里露出来一捆鲜艳金红的毛线。“给婆姨的么？”他逗那后生说。后生红着脸又憨憨地笑了，清澈的大眼躲着他。他想象着那个将要用这金红的毛线织成毛衣的陕北女人的模样。那女人的样子他知道。他猜得出，那一定是个像蓝花花或者李香香一样的，黑红又健美的女人，见了人羞得抬不起头，束着条蓝花布缝成的围裙。

“混纺的么？”后生红着脸把那金红毛线推了过来，请他鉴定。

“嗯。不——这种比混纺的还好。”他夸奖地说。毫无疑问，蓝花花和李香香穿上尼龙混纺的毛衣也会爱她们卖河畔枣、拦老绵羊的哥哥的。他在新疆插过六年队，他懂得，他解得下这个。快开车了，他们俩收拾好毛线，朝那辆风尘仆仆的卡车走去。他俩相帮着爬上车。我们已经成了朋友啦，他心里感到非常清爽。

接着这卡车将要开到黄河边去，顺着无定河最后的一段河谷一直开到黄河西岸。这辆解放牌卡车马上就要登上那段路程。那段路他曾经饿着肚子走了整整一个下午。他觉得有些心跳，有种苍老的、他觉得不是自己该有的慨叹般的情绪在堵着胸腔。卡车发动了，呜呜地哼着转过一个黄土山嘴，当卡车在山嘴上头换了挡，发出一种均匀的吼声时，他的眼睛亮了：他认出了这个地方。

真是这里，他默念着，真是这条路。我全认出来啦，我想起来啦。十几年前，他就是从这个山嘴转过来，一步步踏上被暴雨冲得沟渠纵横的道路的。他把最后一块白荞麦粉条馅饼塞进嘴里，用两只手握牢车厢板，开始专注地望着渐渐向前方倾斜下去的高原。瞧，这些山沟和老黄土帽，朝着黄河倾斜下去啦，朝着黄河，整个陕北高原都在倾斜。他出神地想，这陕北高原对黄河的倾斜是默默的，不露痕迹的，就像红脸后生对他的蓝花花婆姨一样。这不像你，他嘲笑自己说，你现在是强忍着激动。你从新疆大学校门到火车站，曾经给同学吹了一路，吹你对这条河的向往。

“喂，喂!”他听见一个女人的声音在唤着他。他转过身来。原来是她，她一直背着车厢站着。“喂，你是去河底村么？”那女的轻轻问他。他觉得她满口典型的北京知识青年腔。他和她互相谈了一会儿。她告诉他自己是某小报的摄影记者；他也介绍说，他是新疆大学的应届毕业生。

他觉得和这姑娘谈话很不自在。她身上有股什么味儿使他有点手足无措。他有点烦，就劈头插上一句：“你原来是哪个学校的？”

“女附中，”她微微一笑，“你呢，原来是插队的吧？”

“嗯，在新疆。听说过阿勒泰这个地方么？”

“我原来在北大荒。”她主动说，“我记得，北京学生那会儿不去新疆，都是去山西、陕西、内蒙……”

“我自己跑去的。”他说，他发觉自己在和这个姑娘聊天了。她准有事儿要去河底村，他想，她是发愁那地方人生地不熟。不然她不会走到车尾来，她一直避着我。这回是因为实在想找人帮忙，才找我来了。他诚恳地说：“你别担心，河底村是个好地方。老百姓特好，不会欺负人的。”

她的脸红了，“我怕那儿没有招待所。”她小声说。

“放心，”瞧她脸都红了，她准还没有结婚呢。“没有招待所有店，没店有生产队，有老乡窑洞。”到底是个女的，他想，尽管也去过北大荒。他不禁看了一看眼前这个姑娘，女附中的，只有她们这种北京学生才会穿这种又不起眼又不入俗的女上衣，烫这种好像没烫过的发式。

“我想拍几张新鲜点的黄河照片，”她解释说，“就上了这趟车。河底村那儿的黄河和无定河相汇，我想可能比壶口啦，风陵渡啦，三门峡啦新鲜点。”

“放心。用得着的时候，我会帮你忙。”他结束了谈话。跟女的少那么饶舌，他训了自己一句。就那么回事呗，到时候把她领着和红脸后生相跟上，找蓝花花或李香香去就是了。

他又转身抓住车厢板，就是这条路，可是现在看着却那么陌生。岁月真能销蚀一切哪，饿着肚子走了半天的路，居然也会被忘掉。那时你才二十岁，衬衣口袋里只有不足十块钱。你从青羊坪小镇子下了车就走上这条土路，不但没吃白荞麦面的素馅饼，而且从清晨起滴水未下肚。你走了那么久，翻过一架又一架黄土老帽，见一个人就问一句“嗑黄河还有多么远？”陕北的里程和阿勒泰草原的里程一样，越走越大，一会儿一个数。从三十里到四十里，从二十里又到四十里。现在看来可能是一共四十里，因为你走了半天整。你的球鞋里灌进了细细的黄土末，你一路喝清亮些的渠水。后来你在一个山墚上看见一个老汉在茅棚下卖西瓜，你咬咬牙掏出五毛钱买了一个。你和那老汉聊天，说你从延安来，还到过延川和延长的油矿。老汉说："米脂的婆姨绥德的汉，三延的女子没人看。"你觉得蔫了半截。不过那瓜真甜。后来你一路摘没熟的枣子吃，因为这种枣沿着黄河西岸长，所以叫河畔枣。那红脸后生在城关集上卖河畔枣，所以你马上就猜他是河底村的。那时节的河畔枣又青又涩，吃得你肚子发胀，可是你一点儿不饿了。你快活地唱着"横山里下来些游击队"。那时你像一只鸟儿一样轻捷，敢从高高的山崖上跳下去抄近路。你还追赶过一只青灰色的野兔子，那青灰色的兔子在这黄土世界里显得鲜明而刺眼。可是你没追着，累得满头大汗地躺在又干又烫的黄土上喘气。等到你爬一座大山时你累了，那段公路又酥又软，上面结着开裂的硬皮儿，下头是软陷的松土。你咬紧牙往上爬，白花花的毒日头晒得你嗓子冒烟。你后悔没有省下半个瓜带着。可是那时你的生命像刚点燃的一簇火，你的四肢都弹性十足。你知道你的心脏特别健康，脉搏又沉又稳。所以你赌了一股狠劲儿要和那座黄土山比一比，你决定不停步一口气爬上山顶。你信心十足地踏住龟裂的黄土硬皮，然后有力地蹬直膝盖的关节，一步步地攀登着。后来，后来——在爬上山顶的那个时刻，你看见了黄河。

他突然听见那姑娘尖叫起来。

"快看！黄——河！"

他浑身一震，忙转过头来。解放牌卡车正登上山顶。这一定就是那座黄土高山，你全忘啦。他轻轻地责备着自己，屏住了呼吸。陕北高原被截断了，整个高原正把自己勇敢地投入前方雄伟的巨谷。他眼睁睁地看着高原边缘上的一道道沟壑都伸直了，笔直地跌向那迷蒙的巨大峡谷，千千万万黄土的山峁还从背后像浪头般滚滚而来。他激动地喃喃着，“嘿，黄河，黄河。”他看见在那巨大的峡谷之底，一条微微闪着白亮的浩浩荡荡的大河正从天尽头蜿蜒而来。蓝青色的山西省的崇山如一道迷蒙的石壁，正在彼岸静静肃峙，仿佛注视着这里不顾一切地倾泻而下的黄土墚峁的波涛。大河深在谷底，但又朦胧辽阔，威风凛凛地巡视着为它折腰膜拜的大自然。潮湿凉爽的河风拂上了车厢，他已经冲到了卡车最前面，痉挛的手指扳紧栏板。

这个记忆他可没有遗忘。这个记忆他珍存了十几年。他一直牢牢记着，一个乳臭未干的毛头小伙子目瞪口呆、惊慌失措地站在山顶，面对着那伟大的、劈开了大陆、分开了黄土世界和岩石世界的浩莽大河的时刻。他现在明白了：就是这个记忆鬼使神差地使他又来到这里，使他一步步走向地理学的王国。“我一定要考上!”他低声地发誓说。

“什么？喂，你说什么？”他发现自己原来和那姑娘并肩站在一起，抓着车厢前挡板。

我说，我一定要考上!河面上吹来的长风呛得他说不出话来，他觉得那条大河像在低低地吼。“晋陕峡谷”，他激动地又想起了一个新名词。这个名词是多么难以咀嚼和消化呵，我将在将来要写的一切论文里，把“晋陕峡谷”四个字都改成“伟大的晋陕峡谷”。这么干才值得。滚它的宣传科小干事吧，我要干这一行。他发觉自己在这一刹那间为自己的一生做了坚决的选择。

“喂!你是要考研究生吗?”他听见那姑娘对着他的耳朵喊，她的几丝纷飞的鬓发似乎触着了他的脸颊。“我一定能考得上!”他吼叫着，他有些发怒，但又满心痛快。他感到这个姑娘的身上散发着一道光彩，这光彩鼓舞着他想倾诉一番。我当然会考上的，我已经做了准备，读完了地理系的自然地理讲义。大学四年我一直选修历史系的考古学讲座。我有一门半外语，我还有语音学、方言调查和全部汉语专业的训练。按我们汉语专业的标准，连大块头的社论也常是病句连篇。我插过六年队，我也见过这些年的各种热闹事儿。我懂得考研究生的关键：我首先要让自己的外语不出毛病，也要把其他大路货的课考好，连考卷也写得整整齐齐。我已经读完了地理系那本讲义，我会把那些“曲流宽谷”背得滚瓜烂熟。我一共有一百来块钱，加上毕业时发的派遣报到费一共将近二百元。我要利用这个暑假和这笔钱跑几条河流，增添感性知识。我要从新疆一直跑到黑龙江，调查北方的所有大河。临上考场前，我要狠踢一顿足球，让脑子清清醒醒。我将用我记熟的准确概念和亲自调查来的知识轰炸那张考卷。我将调动我的看家本事，用严格的语法和讲究的修辞使这场轰炸尽善尽美。所以我一定能考上。等我考上了人文地理学的研究生，我就可以用研究生津贴过日子，我用不着去那家计划生育宣传科领工资。我一定会在这个世界上找到我最喜欢的那个位置。

他忍不住地把这些想法一股脑儿告诉了她。她眨着眼睛听着，觉得又新鲜又有趣。这男的真神，她想，和他做伴去河底村挺有意思。她不由得打量着他的侧面，打量着他粗硬的头发和眼睛。她觉得那双眼睛灼灼逼人。她听着他滔滔不绝地说着。小心点，她轻轻警告着自己，男人要比你想象的成熟。你毕竟第一次见到他啊。

这时，解放牌卡车驶进了巨谷底部。汽车猛地往右一拐，把无定河的浅滩浊水甩开，朝着一片浓绿的树林驶去。黄河平稳地向南迅速滑行着，仿佛凸起的水面白茫茫的。对岸山西的岩山仍是一片青蓝。红脸后生胸有成竹地站了起来，拍拍身上的尘土，握紧了黄帆布包。他从那后生憨憨的表情中知道：河底村到了。

他们来到了河边上。他一出了红脸后生的窑洞就大步流星地在前面疾走。等他走到了浊浪拍溅的河漫滩上，才回头看了看那姑娘摇晃的身影。真像一棵杨柳，他想，给她的照相机压得一弯一闪。他沿着黄河踱着，大步踏着咯咯响的卵石。河水隆隆响着，又浓又稠，闪烁而颤动，像是流动着沉重的金属。这么宽阔的大峡都被震得摇动啦，他惊奇地想着，也许有一天两岸的大山都会震得坍塌下来。真是北方第一大河啊。远处有一株带着枝叶的树干被河水卷着一沉一浮，他盯准那绿叶奔跑起来，想追上河水的速度。他痛快地大声叫嚷着，他感到自己已经完全融化在这喧腾声里，融化在河面上生起的、掠过大河长峡的凉风中了。

她刚刚给照相机换上一个长镜头，带好遮光罩，调整了光圈和速度。她擦着汗喘着，使劲地追赶着前面的他。她看见他这时正站在上游的一个尖岬上，一动不动。

“你怎么啦，喂!”她快活地招呼着。她轻轻扣好相机快门上的保险，她已经拍了第一张。她相信河水层次复杂的黄色，对岸朦胧的青山，以及远处无定河汇入黄河的银白的光影会使这张柯达胶片的效果很好。河底村小小的招待所很干净，现在她一点儿担心也没有了。

“你说话呀，研究生!”她朝旅伴开起玩笑来了。

“全想起来了，”他开口道，“我早知道，一到这儿我就能想起来。”

“想起来什么？地理讲义么？”她兴致很高地问，她挺想和这个大个子青年开开玩笑。

“不，是这块石头。”他说，“十几年前，我就是从这儿下水的。”

“游泳么？”她歪着头瞧着他。他默默地站着，长长地叹了一口气。告诉她么？“我上错了车，喏，那时的长途班车正巧就是辆解放牌卡车，”他迟疑地说，“我去延川看同学，然后想回北京。从绥德去军渡然后才能进山西往北京走，可是我上错了车。那辆车没有往北去军渡，而是顺着无定河跑到这儿来啦。而且，路被雨水冲垮了，车停在青羊坪。在青羊坪我听说这儿有渡船，就赶了四十里路来到了这里。”他凝视着向南流逝的黄河水，西斜的阳光下，河里像是满溢着一川铜水。他看见姑娘的身影长长地投在铜水般的河面上，和他并排挨着。告诉她吧，他想道。“在这里，就在这儿我下了水，游过了黄河。”

她静了一会儿，轻声问：“你为什么不等渡船呢？”

那船晚上回来，八天后才再到河东去。当时他远远地望见船在河东岸泊着。他是靠扒车到各地同学插队的地方游逛的，他从新疆出发，先到巴里坤，再到陕北，然后去山西，最后回北京。他想看看世界，也看看同学和人们都在怎么生活。

姑娘又补充说道:“我是说，游过去——太冒险了。你不能等渡船么？”

“我没钱,”他说,“我在村子里问了,住小店、吃白面一天九毛钱,吃黑面一天六毛钱。那时候我住不起。”

她感动地凝视着他。“你真勇敢。”她说。

他的心跳了一下。你为什么把这些都告诉她？他的心绪突然坏了。他发现这姑娘和他的距离一下子近了,她身上的一股气息使他心烦意乱。今天在这儿遇上这个女的可真是见鬼,他想,原来可以在黄河边搞搞调查、背背讲义的。本来可以让这段时间和往事追想一点点地流过心间,那该使他觉得多宝贵啊。可是这女的弄得他忍不住要讲话,而这么讲完全像是吹牛。

“游过黄河……我想,这太不容易了。”他听见那姑娘自语般地说道。他觉得她已经开始直视着他的眼睛。你这会儿不怕没有招待所啦,哼!他愤愤地想。她在放松了戒备的神经以后,此刻显得光彩袭人。这使他心慌意乱。他咬着嘴唇不再理睬她,只顾盯着斜阳下闪烁的满溢一川的滚滚黄河。

她举起照相机，取出一个变焦距镜头换上。这个小伙子很吸引人,浑身冒着热情和一股英气。他敢从这儿游到对岸去。上游拂来的、带着土腥味儿的凉风撩着她的额发，抚着她放在快门上的手指。这个可不像以前人家介绍的那个。那个出了一趟国，一天到晚就光知道絮絮叨叨地摆弄他那堆洋百货。那家伙甚至连眼睛都不朝别处瞧，甚至不朝我身上瞧，她遐想着。而这个，这个扬言要考上地理研究生的小伙子却有一双烫人的眼睛。她想着又偷偷地瞟了他一眼。瞧人家，她想，人家眼睛里是什么？是黄河。

"坐下歇歇吧。"她建议说，并且把手绢铺在黄沙上，坐了下来。黄河就在眼前冲撞着，倔强地奔驰。这河里流的不是水，不是浪，她想。"喂!研究生!你看这黄河!"她喊他说，"我说，这黄河里没有浪头。不是水，不是浪，是一大块一大块凝着的、古朴的流体。你说我讲得对吗？"她问道。

一块一块的，他听着，这姑娘的形容很奇怪，但更奇怪的是她形容得挺准确。一块一块半凝固的、微微凸起的黄流在稳稳前移，老实巴交但又自信而强悍。而陕北高原扑下来了，倾斜下来，潜入它的怀抱。"你说的，挺有意思。"他回答道，"我是说，挺形象。"

"我搞摄影。这一行要求人总得训练自己的感受。"

"不过，我觉得这黄河——"他停了一下。他也想试试。"我的感受和你这小姑娘可不太一样。"他感到那压捺不住的劲头又跃跃而来了。"算啦!"他警告自己说。

“你觉得像什么？”她感兴趣地盯着他的脸。他准是个热情的人，瞧这脸庞多动人。她端起照相机，调了一下光圈。“你说吧！你能形容得好，我就能把这感觉拍在底片上。”她朝他挑战地眯起了眼睛。

“我觉得——这黄河像是我的父亲！”他突然低声说道。他的嗓音浊重沙哑，而且在颤抖，“父亲。”他说。我是怎么啦？怎么和她说这个！可是他明白他忍不住。眼前这个姑娘在吸引着他说这个。也许是她身上的那股味道和她那微微眯起的黑眼睛在吸引着他说这个。他没想到心底还有个想对个姑娘说说这个的欲望。他忍不住了。

“我从小……没有父亲。我多少年把什么父亲忘得一干二净。那个人把我妈甩啦——那个狗杂种。”他恶狠狠地骂了一句，然后牢牢地闭上了嘴。对岸山西的青灰色岩山似乎在悄悄移动着，变成了黛色。瞧，这黄河的块，她静静地凝望着黄河想，它凝住啦。唉，人的心哪。

“我多少年一直有个愿望，就是长成一个块大劲足的男子汉。那时我将找到他，当着他老婆孩子的面，狠狠地揍他那张脸。”他觉得自己的牙齿剧烈地格格响着。他拼命忍住了，不再开口。这种事姑娘猜不到，她想象不出来这种事的。可是我有一个伟大的妈妈——告诉你，那些所谓的女英雄、女老干部、女革命家根本不配和我妈比。我有了她，一生什么全够了。我从小不会叫“爸爸”这个恶心词儿，也没想过我该有个父亲。他颤着手指划亮一根火柴，点燃一支香烟。可是，今天你忽然间发现，你还是应该有一个父亲，而且你已经给自己找到了一个。他喷出一团烟雾，哦，今天真好，今天你给自己找到了父亲——这就是他，黄河。他默默想着，沉入了自己的感动。但当他看到旁边那对充满同情的黑眼睛时，他又感到羞耻。你太嫩啦，看来你是毫无出息。你什么都忍不住，你这么轻易地就把这些告诉了她。你，你怎么能把这样的秘密随便告诉一个女人？!他的心情恶劣透了。他忍着愤怒从沙滩上站了起来，朝河边的尖岬大步走去。他想躲开那个女的，他甚至恨那个女的，是她用那可恶的黑眼睛和一股什么劲儿把他弄得失去了自制。他走到黄河边上，河水拍溅着他的脚，他觉得含沙的夏季河水又粗糙又温暖。他忘记了背后那个姑娘，他感到眼前的大河充满了神秘。

哦，真是父亲，他在粗糙又温暖地安慰着我呢。“爸——爸。”他偷偷试着嘟囔了一声，马上又觉得无比别扭和难受。远处的河水不可思议地凸起着摇荡着。你告诉我一切吧，黄河，让我把一切全写上那张考卷，让那些看卷的老头目瞪口呆。那将不是一张考卷，而是一支歌，一首诗，一曲永恒的关于父与子的音乐。老头们的试卷真能容纳下它么？他问自己。不可能，他又回答自己。这是写不出来的，也不应当告诉别人的一个秘密。你原来那么傻，他嘲笑着自己，你忘了那次横渡黄河时究竟有没有什么神示或者特殊的感觉。你活像只快乐的小鸭子一样，相跟着一个陕北老乡，把衣服和鞋塞进油浸的整羊皮口袋里，就大模大样地下了水。你不买票扒了车，走了四十里沟壑墚峁的黄土路，只吃了些西瓜和青涩的河畔枣，命催着似的跑到这儿来游黄河。你游过去了，当天赶到了山西。难道没有神助么？难道没有什么特殊的东西在保护着你么？你游水时的感觉和平常在游泳池、在水库、在京密引水渠里的感觉一样好，轻松又容易。你把那个抱着吹足气的羊皮油口袋的老乡甩在后面。你的两腿和手臂不仅没有抽筋，而且那么有力和舒展。你横渡了这条北方最伟大的河，又赶了二十里山西的青石头山道，当晚赶到了柳林镇附近的一个小村。第二天你拦卡车到了介休，又扒上“三八红旗白拉线”的火车，一直到了北京。后来你对同学们讲了游黄河的事，而二宝和徐华北他们挤眉弄眼地说，他们也游过来了，而且是游蝶泳过来的——这一切中的每一步，在今天几乎都不可能。合理的答案只有一个，这答案你今天自己找到了：黄河是你的父亲，他在暗暗地保护着他的小儿子。

他抬起头来。黄河正在他的全部视野中急驶而下，满河映着红色。黄河烧起来啦,他想。沉入陕北高原侧后的夕阳先点燃了一条长云,红霞又撒向河谷。整条黄河都变红啦,它烧起来啦。他想,没准这是在为我而燃烧。铜红色的黄河浪头现在是线条鲜明的,沉重地卷起来,又卷起来。他觉得眼睛被这一派红色的火焰灼痛了。他想起了梵高的《星夜》,以前他一直对那种画不屑一顾,而现在他懂了。在梵高的眼睛里,星空像旋转翻腾的江河;而在他年轻的眼睛里,黄河像北方大地燃烧的烈火。对岸山西境内的崇山峻岭也被映红了,他听见这神奇的火河正在向他呼唤。我的父亲,他迷醉地望着黄河站立着,你正在向我流露真情。他解开外衣的纽扣,随即把它脱了下来。

她踉跄着冲过来,一把抓住他的手臂。

“你干什么?”她气喘吁吁地喊,“你要下水?”

他回过头来,困惑地望着姑娘。

“不行!太危险了!”她坚决地摇摇头。好骄傲的男人呐,他以为我怀疑他那段英雄史。“我知道你能游过去……你已经游过去啦,”她紧紧抓住他的手不放,“不过现在没有必要这样,这太危险了!”她喊着,想使自己的声音压住河水震耳的轰鸣。

他谨慎地抽出了手,打量着她。这姑娘怎么啦?看来男子汉在关键的时候,身边不能有女人。她们总是在这种时候搅得你心神不宁。她们可真有本事。

“别游了，太危险，”她仰着脸望着他说，“咱们不如聊聊天。要不，我再照几张照片，你对着黄河温温功课。”带着变焦距长镜头的相机沉重地在她胸前晃动着，他觉得她那长长的脖子快要被那机器坠断了。他挺想帮她托着那台金属的大相机。

“你去照你的相吧，上那边转转，”他嘎哑着嗓子，不高兴地嘟哝着，“我有点私事，你最好走开点。”

“不!”她喊起来，“这是黄河!你懂吗？”她把两只小手攥成可笑的拳头晃着。

我不懂，难道你懂么。他被深深地激怒了。谁叫你那么愿意和姑娘往一块儿凑？瞧她狂的。你懂，你大概只懂怎么把头发烫得更招人看两眼。他狠狠地咬着嘴唇，几乎想骂出一句粗话。

“喂，你听着：我不认识你。你不是已经找着招待所了吗？”他尽量有分寸地说。

她怔了一下，然后退了两步。他看见她脸上的神情先是凝固了，接着就渐渐褪尽。“好，随你吧。”她小声说道，双手扶住胸前的相机。他看见她的眼睛里充满了痛苦和责备的神情。

他吃惊地望着她。她这会儿显得真动人，简直像尊圣洁的雕像。你们真行，姑娘们。怪不得我一下子就吐出了心底的秘密，这秘密我从没向任何一个人说过。他抱歉地搓搓手，“对不起，”他说，“我有个爱发火的坏毛病。”

“你太凶了。”她伤感地说。为什么要这样对待别人呢，我已经看透了，在最深的意识里，他们都一样。“真难得，刚才你还算诚恳些。我以为——”

“刚才我是在瞎编。”他打断了她的话。我为告诉了你那个而羞耻呢，他想。“你别当真。”

“不!人应该学得真诚些!”她激烈地反驳着，“而且——”而且你也用不着那么骄傲。讲人生滋味，也许我尝得比你多得多。她涨红了脸，突然颤声说：“我也没有父亲，我也好久好久没有喊过爸爸这个词儿，而且……我也一想到这个词就难受。”

“哦？”他吃了一惊。

“他在一个中学传达室工作，当打钟的工友。他们说，他在解放前当过国民党的兵，是残渣余孽。六六年，他们把他打死了。就在那个传达室里。那一年我十二岁，小学六年级。”她平静地说着，眼睛一直凝视着他。

“我懂了。”他冷峻地迎着她的目光，“你骂吧!我在那时候也是一个红卫兵。”

她疲惫地摇摇头，叹了口气：“不，我不骂。而且，我一眼就看得出来，你和那些人根本不一样。那些人——”

“狗杂种!”他从牙缝里恶狠狠地咒骂着。

“你太粗野了。”她忧郁地说。他从她低柔的声音里感到一种距离很近的信赖。

“后来呢？”他阴沉地问。

“我母亲有病，青光眼。医生说她一急就会失明。所以，我……”她的头低下去了。他看见她的黑发在风中颤抖着。“我就一个人跑到那个传达室，给爸爸洗身上的血。”

“好了，别说了。”他轻声打断了她。

“我用一块毛巾给爸爸洗身上的血。那血，那血——”

“别说了!”他转过身去。

她微张着嘴，安静地望着他的肩膀，接着就颓然坐在沙滩地上。被高原的烈日烤了一天的粗砂子舒服地烙着她。她感到心情非常宁静。是呵，别说啦。他全明白。像他对我一样，我也把一切都对他说啦。

他默默地面对着黄河站着，风拂着他裸着的前胸。我不能想象，小妹妹，他想。他的确不能想象，这个眼睛黑黑、身材柔细的姑娘，心里怎能盛着那么沉重的苦难。

这时，黄河，他看见黄河又燃烧起来了。赤铜色的浪头缓缓地扬起着，整个一条大川长峡此刻全部熔入了那片激动的火焰，山谷里蒸腾着朦胧的气流，他看见眼前充斥着、旋转着、跳跃着、怒吼着又轻唱着的一团团通红的浓彩。这是在呼唤我呢，瞧这些一圈圈旋转的颜色。这是我的黄河父亲在呼唤我。他迅速甩掉上衣，褪掉长裤，把衣服团成一团走向那姑娘。“不，太危险了。”她仰着头恳求着他。他又清楚地听见了这声音里的那种信赖。他感动得心里一阵难受。“拿着，等着我，”他低声说，“你看那渡船泊在对面呢，我回来时坐渡船。”他望着那姑娘的黑发在风中飘拂着，他使尽力气才忍住了想抚摸一下这黑发的念头。时间不早了，他想，他又看了一眼那姑娘的头发，就急匆匆地朝着那片疾速流动的火焰奔去。

她站了起来，紧抱着他脱下的乱糟糟的衣服。这衣服上带着一股强烈的男人的汗味儿和烟草味儿。糟糕，我好像爱上他啦，她惊慌地想。但她马上赶跑了这个怪念头。一丝冷静的神色慢慢地浮上了她的黑眼睛。她缓缓地端起了沉重的相机，那团衣服一下子落在沙滩上。她迅速地顾盼了一下视野左右，冰冷的目镜轻轻地、稳稳地抵住了她的眉梢。她不出声地拉动着照相机镜头上的变焦环，沉着地分析着目镜中的画面和她心中闪过的感受。

她看见了一幅动人的画面：一条落满红霞的喧嚣大河正汹涌着棱角鲜明的大浪。在构图的中央，一个半裸着的宽肩膀男人正张开双臂朝着莽莽的巨川奔去。

她嘴角泛出了一个紧张的笑纹。当那男人纵身扑向黄河的一刹,她稳稳地按下了快门。

他垂直对准着河对岸的山。他双臂均匀地划着水。我就这样游,注意手臂推水时别太猛,两腿后蹬时也要用劲均匀,你总喜欢用力过猛。记得那次我就是这样,游蛙泳,但头不埋进水里。要用眼睛瞄着从上游打来的浪。绝对不能抽筋。他觉得浑身被温暖的河水浸得很舒服,但他的每一根神经都绷紧着。那回你登上山西的河岸时,激动得跳着喊了一声“万岁”,可是你不知道有个十二岁的小女孩在用毛巾擦着父亲尸体上的血污。“你真够浑的。”他说出了声,一个浪头哗地打在他脸上,使他把后半句咽了回去。今天我才明白,你是仗着黄河父亲的庇护和宽容才横渡成功。这时他停了一瞬,河水浮力很大,他感觉着身躯被浑重的河水托住的滋味。真的,黄河在保护着我呢,他想。他心里又掠过一阵激动。接着他笔直地对准了山西,对准了雄伟的吕梁山脉。他在浪头打来时吐气,在浪峰上吸气。他瞥见自己肩头的肌肉上水珠滚动。我感激你,小姑娘,你使我得到了宝贵的修正,而且你还给了我那样的信任。你居然看得出来。是的,那时我是个地道的红卫兵,但是我没有打过人,更没有打过你那当工友的爸爸。不过,我愿意也承担我的一份责任，我要永远记住你的故事。他觉得自己心情沉重，但他也觉得自己的心变得丰富了。他全神贯注地游着，这时，他看见了河的中流。

一下跌入中流，他就吃惊地发觉黄河正疯狂地搂着他飞跑。一条小鱼碰了他的大腿一下，他觉得那鱼像是对他闪电般的一刺。接着他又碰上了几条，每碰上一条都像挨了清晰的一击。他还仿佛听见了鱼群的叫声。不过中流的水面平稳极了，像凝固的一块在滑走。他想起了那姑娘对黄河的形容。我愿对你承担责任，十二岁的小姑娘。他想，既然当时我像只小鸭子一样毫无顾忌地跳下河水，既然我那时不懂得关心和感受世界上的痛苦。他发现他正被中流的河水抓着迅速向南滑翔着，他赶快对正河岸，努力游着。黄河，他默默地唤着。今天我已经不是那只肤浅的小鸭子啦。黄河轰轰地应声响着，对岸壁立的悬崖已经近了。这石壁已经近了，他想，这石壁在动呢，像是移动着向北走。他深吸了一口气，更专心地游着。

渐渐他觉得两臂上的三角肌发酸。我累了，他警觉地想。上一次我一点儿也不觉得累，记忆中只有轻松活泼、满心舒畅。这回刚游了一半你就累了，而且这回你没有走那四十里路，肚子里是白荞麦馅饼而不是青枣子。伙计，你在衰老。他突然觉得满心凄凉。十几年流逝得像这黄河水。你还没有长成人，你的肉体就已经开始要背叛你。可是我的青春别想背叛！“妈的，我活着就不让你背叛！”他又骂出声来。他划上一个浪峰吸了一口气，脸颊仿佛在发烧。他记起了那姑娘的责备。你总在讲粗话，十几年来，你变野了。可是十几年来我经历过多少啊，我变野了也变文明了。我受过汉语专业本科训练，我还将是地理学的研究生，我可不是不会文质彬彬。不过别再当着那姑娘说粗话，他嘱咐自己。十几年来不知她变没变。她那惊人的坚强和眼光不知道是不是背叛过她。应该对她温和一点，十二岁就有过那么一段经历的姑娘，应该多得到些温暖，包括语言。他使劲地游着，这时他渡过了块状滑行的中流，看见了速度慢得多，但是浪头很大的东侧的浅流。

他的心激动地跳了起来：河岸已经近在眼前啦。他的喉头哽住了，呼吸有些急促。哦，黄河父亲又一次卫护了我，剩下的这二百米我可以稳稳游过去。肉体也没有背叛，三角肌忍住了疲乏，严格地服从了青春指挥。我还没有衰老，我不会衰老的，他高兴地想。我可以帮那姑娘的忙，找到那个带头毒打她爸爸的恶棍，把那个贵族味儿十足的恶棍揍一顿。“狗东西！”他又骂了一句。这时他冲出了中流。河水的流速骤然减了下来，他又开始瞟着上面打来的浪头。不过，教训贵族的事儿应当留给她的男朋友或是丈夫干，我呢，我可以请她吃一顿。吃饭的时候，我给她唱一个额尔齐斯河边的哈萨克情歌，让她觉得世上好人多，让她觉得没有看错人。然后我就去专心地研究人文地理学。

他在激浪中游到了离河岸十几米的水面。眼前粘满青苔的岩壁飞快地移动着。这水流得太快啦，他想。就在这时他瞥见一块从河底伸出的巨石正朝他冲来。他蜷起身子，双脚拼命地蹬了那石头一下，巨石在水里半隐半现地一掠而过。流得太快了，这水把我冲下去啦，他有些惊慌。他奋力扬起臂膀，鼓足力气，用爬泳对准山西的石壁冲刺，他觉得石崖上的绿苔已经伸手可触了。可是河水抓着他仍然向下飞流。闪过的石壁上的纹理裂隙晃得他睁不开眼睛。两条手臂突然瘫软了，他感到肩头上沉重如铅，酸疼难忍。河水拥着他贴着石崖滑下，他看见又一块狰狞的巨石朝他驶来了。他低哑地从喉咙里吼了一声。他蔑视这块礁石，他知道自己已经胜利。他用尽全身力气扑向河岸。当他看见陡崖上的一个棱角闪过眼前时，他一把攫住了它。他的身体立即被河水冲得横了过去。他的身躯翻转了，右臂被一股强力重重地拉了一下。他死死抓紧了右手攀住的那个石棱，感到急流正在他的两个肩头和两只脚掌那儿哗哗地激起浊白的浪花。

他心满意足地闭上了眼睛。温暖多沙的水流抚着他的肉体滑过，朝着他的身体指着的方向继续向前。浑黄的浪头激烈地推撞着他，在他四周响成轰轰的一片。黄河父亲，他想道，我感激你。接着他逆着水流收起双腿，然后牢牢地踏住了坚实的石岸。

2

他出神地凝视着车窗外的黑暗，手指间夹着一支闪着红光的烟。列车摇晃着，暗黑中的树木、山岗和大地都在玻璃外面成了流动的黑色。原来列车也是一条河，他默默地吸着纸烟，在横贯陇海又猛折向北的河道上奔流，亮着灯光，鸣着号角，掀起轰隆隆的巨响。列车上的人呢，就是河里的水和浪。他看见玻璃上映着一点烟头的红亮，列车也是一条河啊，他吐出一口烟。这样干地理学可真不错，走向河流，沿着河流，连我自己也像一条河流。他又吸了一口烟，看着乌蒙蒙的玻璃上又亮起一点红光。

那次也是这样：车厢里挤满了串联的学生，他坐在联结两节车的冷飕飕的过道里。地上是一块冲出防滑钉的铁踏板。那铁板也像现在一样摇晃不停。

那是你第一次坐火车，第一次投进一条汹涌的河。他缓缓地吐出烟雾。那时你当然不会吸烟，更不会喝酒、骑马、在阿勒泰山的雪坡上拖走一根粗大的圆木。那时你在这块灰蒙蒙的玻璃里只看见一张娃娃脸，看见一双幼稚明亮的闪闪的眼睛。那时你没有和红脸后生交朋友的本事，也没有拥抱过和粗鲁地亲吻过姑娘。你只是揣着一颗小兔子般活泼的心，被大千世界的风雨世面激动得坐卧不宁。那时你还是个孩子呢，就不假思索地跳下了这条河。

后来你穿州过府，风尘仆仆地和社会、和政治、和大自然、和那么多复杂的人往来比试。你敢在人头攒动的会场上大声疾呼，敢在空旷恐怖的荒山里大唱大喊地走夜路。你从马背上栽下来，翻滚的马从你稚嫩的身子上压过去。你不相信道路，用指北针计算着，倔强地朝挡路的大山攀登。后来你爱上了边疆，就一直跑到准噶尔，跑到阿勒泰，跑到伊犁。你回来时装着一副大人气，鄙夷那些只到过大城市的同学的娇气。你绷着晒脱了皮的黑红的脸，昂着头像一阵风走过他们身旁。你不知道，你根本不可能知道——有个十二岁的小姑娘在编着完全不同的故事。你那时不懂得眼泪，不懂得代价，你不知道历史也有它的痛苦。

他看见那扇乌蒙蒙的玻璃上映出一个修长的黑影。他回过头来,“还没睡么?”他问道。

她微笑着端详着他。天不亮车就要到达北京啦,他就要和我分手,去找他那些地理资料了。“你去睡一会儿吧,研究生,”她说,“我和列车员说好了,卧铺车厢开着门呢。”

“我不去,这儿挺好。”他说。

“去吧,你还能睡几个小时。”她劝道,“一个卧铺,轮着睡嘛。”

“我不想睡,”他说,“这儿凉快。车里又热又闷。”

那么我也不去。和他一块儿再待几个小时吧,她想,只有几个小时了。天一亮,等他们走出拂晓时的北京车站,这个游黄河的小伙子就要离开她了。唉,人就又要各自东西啦。“说会儿话吧。”她说着坐了下来,把一本书垫在冰凉的铁踏板上。

他们默默地抱着膝坐着,想着心事。摇晃不停的列车抽动着铁踏板,他们的肩头时而碰在一起。这么近,我这么近地挨着一个男的坐着,她暗自想道,也许这是段挺值得珍惜的友谊呢。而且互相说了那么多,我和他都讲了关于父亲的事,我还亲眼看着他游过了黄河。走廊间的灯突然熄了,他们之间只有那支香烟在一下下明灭。而以前那个,哦,我已经忘记那人的名字啦,她想。那一个和我来往了那么久,也没有这么接近过。

他望着玻璃外面黑黢黢的原野，默默地吸着烟。河流真是神奇的，从那时你就爱上了河。在阿勒泰插队的时候，你总是尽量找和额尔齐斯河有缘分的活儿干。你抢着去沼泽里寻找丢失的挽马，顺着河岸的土路运送粮食。六月的时候野花开了，你迫不及待地下河游泳，后来你习惯了那冰水般刺骨的激流。你曾经和三个布尔津城来的打鱼人在冰水中拽着一张拖网，打上来一条二十公斤重的大鲇鱼。探亲回北京的时候，你上瘾似的见一条河就横渡一条河，后来——完全是命里注定，你横渡了那条黄河。那时你崇拜勇敢自由的生活，渴望获得击水三千里的经历。你深信着自己正在脱胎换骨，茁壮成长，你热切地期望着将由你担承的革命大任。那时你偏执而且自信，你用你的标准划分人类并强烈地对他们或爱或憎。你完全没有想到另一种可能，你完全没有想到会有一个十二岁的小姑娘为你修正。

他突然转过脸对她说："喂，有件事别忘了：我要请你吃一顿饭。你爱吃什么？"

她故意歪着头逗他说："我爱吃莫斯科餐厅的西餐。"

"好吧。"他说。他回忆起在黄河中流自己的决定，这件事我要记住，他想，别在忙碌中忘记了。还有几个小时他就要回到北京，他非常清楚在北京的这几十天他该干些什么。他轻轻地吁了一口气。决心斗一场吧，他想。

在黄河边上红脸后生的窑里，她曾经打听他下一步去哪里。他说，他打算沿着交通线调查几条河流的地貌和风俗、经济，然后回北京。“回北京，”他说，“我已经整整一年没有回家啦!”

姑娘犹豫着说，她在青海省还有一点工作，她也想顺便再拍几张黄河支流的风光和风俗片子，希望他能和她一块去。他笑着回答说，对不起，摄影家。既然连河底村这样的地方都有招待所，他就更用不着陪着她采访了。

她脸红了，分辩地说：“不，我是说，你也可以调查那里的河。那儿有一条河，叫湟水。”

他叹了口气：“你那个湟水我知道。前年，我们班在那儿搞过汉语方言调查。不过，南辕北辙——”

“啊，太好啦!”她高兴地嚷了起来，“一块去吧!你熟悉情况，我正发愁……”

“我是个穷学生，”他打断了她，“我从新疆来，去北京。我不能从陕西回头再去逛青海。我一共只有一百多块钱资本，我还要去黑龙江一趟。”黑龙江，他想，调查黑龙江，是我这一趟最压台的节目。黑龙江是我的最后一站。它在北方的那一个尽头呵。

“咱们可以想想办法嘛。”她说，她不太打算就这么快地和这个人分手。他头发上的水珠还没有干呢，在她的心目中，那个走向夕阳晚照中的黄河的男人的画面实在太动人了。我的那张片子一定拍得非常出色，她想。“比如说，我可以雇你当向导。我是因公出差，在那些地方可以雇向导，这样可以解决不少费用……”她继续只顾编造着刚刚出现的念头，“只是路费难些……”

这时她发现他神色专注地听着。“好办法，”他考虑着说，“我也真想跑一条黄河上游的支流呢。”

三天后，他们两人已经站在湟水之滨。

他们顶着高原上紫外线强烈的阳光，朝一个名叫高庙子的小镇走去。在一片浓郁的绿荫上头，他们看见一个金灿灿的琉璃庙顶在阳光中闪耀。

路边的田里长着碧绿的青麦子，整齐地随风摇曳。他们登上一段坡道，渐渐地看见了黄土台地和浅山夹着的湟水河滩。铁灰色的河滩上也有些棋盘般方正的绿麦地，一溜蹲成并排的一串花头巾在麦浪上蠕动。那是青海妇女在拔草呢，他给她讲解说，这个地方男人不会拔草。妇女们拔了草，用篮筐子挎回家去喂羊。羊多草缺，所以麦地里没有杂草。他们停了下来，望着湟水下游的弯曲长滩，几道黄土浅山的背后，云雾隐隐罩着一线银霞般的雪山。那边过去就是西藏，他继续为她指点着，咱们现在正站在青藏高原的边缘。“你听!”她突然举起手止住了他——

青枝呀绿叶展开了

六月的日子到了

那排成一线的戴花头巾的妇女们唱起来了，咿咿呀呀的嗓调一跌一扬地起伏着。“这是《少年》，青海民歌的一种，”他解释说，“听说过《花儿与少年》么，《花儿》也是一种民歌。”她恍然大悟地点了点头，我还以为《花儿与少年》是指的姑娘和小伙子哪，她想，这儿的老百姓真有意思。多浪漫的名字呀，花儿与少年。她感到心情非常舒畅，这样轻松的、舒畅的心情她已经好久没有过了，而这青海的黄土浅山和开阔的湟水河滩，这碧绿的青麦子，这隔断着远方西藏秘境的隐隐雪峰，还有这扎着花头巾排成一线拔草的妇女的民歌，都使她沉入了一种安宁恬静的心绪中。

哎哟哟，西宁城街里我去过

有一个的磨

哎哟哟，尕妹妹跟前我去过

有一股扰人的火

那些拔草的女人还在无顾无忌地随心唱着。她听着他解释的歌词,脸上微微地发烧了。你这家伙也有一股扰人的火,跟着你跑,又累又心神不定,她悄悄地想。他的节奏太快了。从河底村出发,先截住一辆拖拉机,半路上在青羊坪又换了一辆卡车。第二天夜里赶到铜川,拂晓就坐上了开向青海的列车。她觉得应接不暇,她总想扯住他歇一会儿。她眼看着湟水在脚下流去,自己仿佛在梦中一般。在这弯曲的湟水河滩、绿绿的青麦、雪山、浅山和花头巾,还有这抑扬有致的纯朴民歌中,她觉得微微有些晕眩。她感到安定又觉得倦怠,她想倚着什么稍稍闭上眼休息一会儿,忘掉这马不停蹄的奔波,忘掉无定河的深谷和晚霞中的黄河,忘掉那张她命名为《河的儿子》的出色的片子。她需要定下神来,歇息一下疲惫的身心,使自己明白和确认自己已经到达青海,到达了湟水边上。她很快就要咬紧牙关,耸起每一根神经去捕捉这湟水的独特气息,在千钧一发之瞬把一切色彩、心绪、气息、画面、花儿与少年都收在她那张柯达公司的彩色幻灯片上。

他领着姑娘走进了高庙子小镇,径直朝那座黄琉璃瓦顶的庙宇走去。这一带他非常熟悉,前年秦老师曾经带领新疆大学中文系的一个方言调查小组来这里实习。他在这片湟水滩上的大小村庄里学到了很多东西。他参加了细致的语音调查，收集了几十首《少年》。“瞧这座庙，”他像个导游一样给她介绍说，“这种庙顶叫盔顶，你看它像不像顶钢盔？”他欣赏地打量着那残旧的黄琉璃双曲线。幸亏我一直听历史系考古专业的课拿学分，人文地理学的一半我可以用汉语方言的知识和考古学文化的知识来垫底。另一半自然地理，我可以猛攻那些讲义和书籍。他又觉得对将到的考试充满信心。“一会儿我们去找一个老头。那老头就住在这庙后面的河漫滩上，”他对她说，“那年那个老头挖了一条渠，引来一股湟水浇他种的一片青杨树。”他瞧了瞧金黄的庙顶旁边的树林，仿佛忆起了当年的情景，“他那些树，不知道长得多高了。”

她放下照相机，审视地盯着那黄琉璃庙宇，摇了摇头。构图不理想，也没有意思。“走吧。”她轻轻推了推他。在哪儿都有这种古建筑的，这反映不出湟水的风格。“走吧，咱们去看你那个种树浇水的老头儿。”她甩了甩滑下来的黑发。她觉得自己安定下来了，恢复了那种随时可以端起相机，反应敏捷地按下快门的状态。现在可以随他去哪儿乱逛，我已经全都准备好啦，她抚着冰凉的相机想。

他迈开大步走着。前年夏天他独自来高庙子的时候，认识了这个姓高的老汉。他走进一座干打垒的土墙庄院，朝那个老汉要水解渴。高老汉在廊子下摆开一张小木头桌，在桌上放上一只杯，一把壶。一个扎着红头绳的小闺女从屋里捧出个大托盘，上面码着四个大得吓人的馍馍。那白馍上有星星点点的紫红色斑点，他问了才知道是掺了自家种的玫瑰花瓣。他第一次见到有人用玫瑰花瓣和面蒸馍馍，心里又惊叹又新鲜。后来那老汉提着锹出门去了，嘱咐小闺女给他续茶水。那小闺女生得水灵灵的，踮着脚尖小心翼翼地为他添茶。他喝饱了带些咸味的茶水，走出了那座前廊后厦的小庄户院。不远的湟水河滩上，他看见高老汉独自在烈日下站着，他走过去给老汉道谢时，看见一弯哗哗的渠水正被老汉用铁锹引导着，淌进一片小青杨林。在渠水灌饱了那一小片茂盛的小嫩树林以后，高老汉告诉他说，这些小树顶个儿子。他问为什么，老汉说，尕娃，我无后哇。孤老汉，拖累着个小孙女。等十年，这片树林子成材了，卖了是钱。等动弹不得的日子到了，就免得说些难心的话。他记得当时他久久说不出话来，只顾愣怔怔地盯着那片青枝绿叶的小树林。那青杨树又细又嫩，在一片婆娑声中摇曳。后来他走开了，老远回过头来，还看见那老汉佝偻着腰，提着锹寻寻觅觅地踱着，独自侍弄着那片小树。

他们出了高庙子小镇，走向湟水河滩。这里视野很开阔，全部湟水河谷的庄稼、村落和自然环境都展现在他们眼前。

这是第一级台地。瞧见了吗，他给姑娘分析着地貌。那长着庄稼的是第二级台地，它们在过去都曾经是湟水的河床。河流冲刷着向下切割，后来原先的河床就变成了高高的台地。她眯着眼睛仰望着高处绿得刺眼的庄稼，“真不能想象，”她说，“那是什么庄稼呀，长得那么高。”他告诉她，那是墨西哥品种的小麦，“不能想象的是以前那儿是森林，”他指着暴晒在阳光里的秃秃的黄土浅山，“自然地理讲义和历史地理书上都说，湟水流域的浅山以前都是原始森林。”他停住了，专注地端详着绵延在前面的静静的远山。真静啊，这里静得让人感到神秘。

她把照相器材从肩上摘下来，提在手里。他准能考上研究生，她想。“喂，我说，你准能考上研究生。”她朝他说。

“嗯，我也这么打算呢，”他回答，“我已经预备了不少功课了。”

倒不是因为这个，她心里想。“哎，你看！”她停住脚步惊叫起来，“你看，这是什么？”

他看见一条水沟里满满的堆着彩陶的碎片。

她俯身拾起一只破碎的彩陶罐子，“真漂亮呀！瞧这花纹！”她喊叫着，“真可惜，可惜碎了！”

彩陶罐子的下半截已经没有了，鼓鼓的腹截断在一条锐角鲜明的线上。陶器质地又细腻又结实，通体施着橙色的薄衣。他摸摸那断碎的碴口，觉得陶胎烧得又匀又硬。罐子腹上一个布满密网的大圆圈里，有一个粗放的黑彩勾画的怪人。那人形朝着他们手舞足蹈着，辨不清五官的脸孔上似乎凝着一种静默的、神秘的表情。

他长久地望着那图案上神秘无言的象形人。

“你瞧呀，这是森林，”她用手指抚摸着罐子颈部的一排塔松般的黑色三角纹，“一棵挨着一棵，尖尖的松树。你说对啦，这里以前一定是森林。”

两个人弯下腰，在河沟里的陶片堆里一块块翻找着，试着把陶片对上罐子的断口。一块块陶片天衣无缝地对上去了，彩陶罐渐渐地复原着。“啊，对上啦!又对上了一块!”她欣喜地悄声喊着，她已经深深地被这件彩陶吸引住了。

最后，只缺腹部的一块找不到。光洁流畅的线条从陶罐的肩部流到底部，只是中间残缺着黑洞洞的一块。“你瞧，多美啊，”她低声喃喃着，“可惜碎了。”世上的事情多么拗人心意啊，生活也常常是这样残缺。“可惜碎啦。”她重复地说。

这彩陶是四千多年前的，他想起了在历史系听的新石器时代考古课。四个大圆圈对称着，颈部排着三角形锯齿纹，像森林一样。这是马家窑文化的马厂类型，一种非常古老的原始文化。他抬起头望望静谧的湟水河谷和远山，怪不得这个世界显得那么神秘。森林变成了光秃秃的浅山，河床变成了高高的台地。雨水冲垮了山上的古墓葬，于是，顺着小沟，彩陶流成了河。他皱着双眉思索着，真的，在湟水流域，古老的彩陶流成了河。

他找到了那座干打垒院墙的小庄户院。在北房的廊子下面站着一个戴着蓝格子头巾的女孩子。那女孩子长得很壮实，手里撑着一把铁锹。“俺阿大——没了。”——后来，她只说了这么一句，就扭过脸抽泣起来。那姓高的老汉死啦，他想，可是青杨树才栽上两年。

他走到了宽阔的河漫滩上，走进了那片用石块围起的小树林。银灰色的叶子在微风中抖动着，树根上浸着汩汩的渠水。他看见湟水在这儿拐了一个弧形的弯，浑黄的浊流哗哗淌着，冲溅着河心的一簇巨石。你死啦，自然而平和。你没能指望上这片小树林子。彩陶片汇成了一条河，青杨树却还很细嫩。你早忘了曾经对一个尕娃讲过你的心事，你就这样悄悄地死啦。但我相信你一定非常宁静，因为此刻我的心里一片宁静。看这湟水，虽然它冲刷着黄土的陡崖，拍打着河里的石头，但我觉得它也充满了宁静。

他在额尔齐斯河边插队的时候，曾经认识一位哈萨克的老母亲。那老人从年轻的时候就死去了丈夫，独自抚养着一个独生儿子。后来这个儿子娶妻生子,她又抚养着她的孙子们。他插队落户时参加了老母亲的一个孙子的婚礼，后来他又看着那白发苍苍的老人抱着孙子的胖婴儿。老人辞世的时候,已经有整整一个家族为她送葬。他曾经目送着那支马队从草原上走过,里面净是饱经风霜的妇女和剽悍勇敢的男人。

他沿着湟水漫步走着，打量着眼前的种种河流地貌。牛轭湖,河漫滩,干流和支流,浪涛击打的河岸。他抬头记忆着湟水两侧浅山下的台地形状,注意辨认河滩地上的植被和土壤。他一步一步地踏着松软的湿地,他的心情沉着而平静。后来那戴蓝格子头巾的女孩子跑来叫他们去家里喝茶,他望着女孩健壮的身子,不禁微微地笑了笑。

他在廊子下面的小方桌前坐了下来。桌上放着一把壶,两只杯,托盘上码着四个大馍馍。他看见她正香甜地吃着,注视着他的动作。馍馍上渗撒着紫红色的碎玫瑰花瓣,他接过她掰下的一块,大口嚼了起来。他伸手取茶壶时,右肩的三角肌突然钻心般的疼了一下。他怔了一怔,活动了一下肩头,然后默默地吃起来。

当他们走出那个小庄户院的时候，他们远远地看见一幅蓝格子头巾正在河滩的青杨树林里闪动。

她醒了。列车正在颠簸的气浪里驶过一个隧道。原来我睡着了,她舒服地揉着眼睛想,靠在这车门旁边的小过道上,居然比在卧铺上睡得还香。她歪过脑袋想看看他睡着没有,结果又看见了烟头的红光。

“研究生,喂,”她唤道,“你一直没睡么?”

“唔,”他回答,“我不困。”

“你就一直抽着烟么?”她问,“那烟,真能解困吗?”

他的脸上突然被灯光照得雪亮。列车正冲过一个灯炬齐明的小站。她静了下来,让那雪白的光柱一下一下地把自己的这个小角落变得忽明忽暗。这个角落呀,她懒懒地遐想着,真像一个黑暗中的战壕。我们都蜷着身子在这儿小憩,等着到黎明时再去冲锋。她想到黎明时列车就会开进北京,想到冲洗胶卷、交代工作和争取发表自己作品的事,心情变得沉重了。她拂了拂额上的头发,驱走了那些烦人的心思。“喂,研究生,”她问道,“你回到北京以后,打算干些什么?”

他停了一会儿,然后低声说:“我要写一首诗。”

“诗?”她诧异地抬高了声调。

“这些天我一直在写,写了好几个开头。可是写得乱七八糟,”他自语般地说道,“不过……我相信能写出来。”

她明白了。“哦,我想,是关于河的。”

他没有回答。在黄河里游着的时候我就想，这不仅仅是河流地貌，也不是地理学。这是一支歌，一曲交响乐，是一首诗。在湟水边上我又在想，人文地理是科学，它有它的办法和路子，可是我除了科学还需要些别的。河流地貌不会关心青杨树是怎样长大的，描述性再强的地理著作也不会写到黄河浪头那种神秘的抚摸。还有那些彩陶片；暴雨冲垮了台地上的古墓葬，陶器在激流中撞得粉碎，接着，那彩陶片就流成了河。

“那专业呢？还考试么？”她问。

“当然。不但要考上而且要好好干。不过——难道你不觉得，那河还有好多别的内容么？”

她若有所思地点了点头。她知道，那个不安分的精灵又附上了这个年轻人。我们都一样，她想，我们都不愿庸庸碌碌地了此一生。你自己不也是一样么，你绷紧每一根神经，背着沉重的摄影器材翻山涉水，追逐着百分之一秒的瞬间。你忙得筋酸骨散，靠着这车门旁的硬墙也能呼呼入睡。你不是连自己的生活都无暇回顾么。

她转过脸对他说：“在湟水边上，我拍了一张静物。就是咱们复原的那只彩陶罐。它可惜是碎的，像生活一样，”她小声说，“背景是那片小青杨树。我觉得，这是我这次拍得最成功的作品之一。”还有一张，她想，那是一个男人扑向奔腾的大河，我这一趟只有这两张作品拍得成功。“你知道的，青杨树林刚刚长起来，可惜罐子是破的，像生活一样。”她忧伤地摇了摇头。

他从嘴角取下熄了的纸烟，专注地望着姑娘。

“你不是很坚强么？”他问，“你十二岁就见过那么多。”

她苦笑了一下，双手搂住膝盖，等着他擦燃火柴，把那半支烟点着。“他们还有一支烟，在太冷、太寂寞的时候让它做伴。而我们女的，啊，那种时候真难呵。”

他笑了。她在黑暗中似乎看见了他白白的牙齿。“你的男朋友呢？”他问道，“怎么，难道你还能没有位漂亮的骑士么？”他开起玩笑来了。

“别提了。总算是受完了洋罪。一共谈了三个月——吹了。”她厌烦地说。

“为什么？”他问。

她费劲地想着一个比喻，“这么说吧：和他坐在一间屋子里，屋里就像有两个女人。不，一个女人，一个唠叨老婆子!”

他放声哈哈大笑起来，笑得前仰后合。瞧他美的，她气恨地想，他倒自信得很呢。难道你的本质里就没有那种东西吗？我还没有告诉你那家伙以前的几个呢，有自私鬼，有小市侩，有木头人，还有一个臭流氓。她愤愤地打断了他的笑声:“连小说上都说,男子汉绝迹了。你不知道?”

“真的吗?”他止住了笑声,注视着她,“我现在就可以给你介绍几个,个个都货真价实。只怕不对你的胃口。”他嘲笑地扔掉了烟头。

“你说吧!姓名?”

“牛虻,马丁·伊登,保尔·柯察金,还有……”还有一个是我,他想。他不禁微笑了。“还有一个,那家伙名字很古怪,我想不起来了。”

她黯然地呆呆坐着。“都是虚构的啊。”她说。

“不,”他反驳道,“现实生活中也有,只怕你认不出来。女同胞,只怕你们见到了也认不出来。”

他们都沉默了。他发觉这最后一句话使他们两人的心绪都变坏了。列车正轰鸣着开过一架铁桥,车门上的把手、铁踏板和乌蒙蒙的玻璃窗都在震响着,他们的肩头也在随着晃动着。他这最后一句话使她听了心里难受,她想起了在北大荒时在一个农场里干活的一个康拜因手。那小伙子总是在快活地笑着,在秋天金黄一片的大田里,他总是喜欢穿一件油污的坦克兵夹克,整天都吹着一只口琴。有一次在麦子地里午休,暴烤着平原的太阳晒得满地升腾着麦秆的味道。她高傲地、鄙夷地回绝了他。她眯着眼睛眺望着一望无际的金黄麦海,心里满是不以为然,甚至是不能容忍的心情。那小伙子踩着地上的麦茬踱回他们那群康拜因手那里，她听见整个中午那儿都响着一支单调的口琴曲子。后来康拜因手去了大庆油田。“我们这儿有八十万产业工人!我们这儿正出现着一个伟大的奇迹!”她听见知识青年们在念他写来的信。“到大庆来吧!这里过的才是真正的生活。”他在信里热烈地向朋友们呼吁着。她听着,仿佛听见一阵热情快活的口琴曲,她怅然若失地坐了好久。后来她常常回忆起那个快乐的小伙子,特别是在她机械地和人们介绍来的对象回答的时候,她有时会感到听见了一丝口琴声。她疲乏地靠住了车厢的硬壁,闭上了眼睛。

他也想起了一个姑娘——海涛。他已经好久没有想起海涛了。在额尔齐斯河边的那片苜蓿地上,在那个肮脏荒僻、地窝子盖得东倒西歪的小村里,海涛和他度过了多少美好的日子呵。海涛不仅仅是他的初恋,海涛那时和额尔齐斯河的流水一样，已经成了他习惯了的生活中的颜色。他至今对那个脉脉含情的姑娘记忆犹新。不知你今天怎样了,海涛。他想,也许你已经又离开了那个工厂。我们一块沿着额尔齐斯的陡岸奔跑,追赶着汛期流水冲下的大片漂浮的野花。我们曾一直跑到离布尔津城不远的那片沼泽。我到今天还记得那天的情景——额尔齐斯河在戈壁滩前舒缓地滑过,沼泽里芦苇长成一道道曲折的屏障。有牛群,也有野鸭子和别的水鸟停在沙洲上，那片从上游阿勒泰山南麓冲下来的野花，在钢蓝色的水面浮成斑斓的一层。那天有一种青色的暮霭弥漫着沼泽和四野，连翻滚的波浪也涂着青青的光。只有你的脸颊红润新鲜，海涛。他又轻轻擦亮了一根火柴，然后把烟咬在嘴角。我觉得你那红润新鲜的脸颊一直在滋润着我的心，鼓舞着我的热情。

他吸了口烟，略微活动了一下肩膀。右肩的肌肉还在隐隐作痛。恐怕就是在游到黄河东岸的时候，他暗暗想，我用一只手抓住了石头，那急流把肌肉拉伤啦。那时的我多年轻啊，我在额尔齐斯的冰水里也能又叫又嚷地拉网捉鱼，而且肌肉也没有拉伤。今天的我也许已经衰老了，他想。他又稍稍活动了一下肩膀，瞟了一眼旁边姑娘的影子。

这是个挺好看的姑娘，他想。可是海涛长得更漂亮。当海涛离开小村的时候，没有一个知识青年搭理她。他们全都愤愤地谴责海涛，仅仅为了调回内地，仅仅为了当一个农场加工厂工人的前途，就背叛了爱情。但是他从人们的脸上看到了另一种表情，那是觉得被戏弄和被遗弃的表情。是啊，他想，海涛长得太漂亮了，干得又太不漂亮了。人们都觉得这矛盾的现实难以接受。其实人们是在为自己打抱不平，他们觉得海涛也抛弃了他们。他觉得只有他做得好。他从一户哈族老乡家里借来了一辆轻便的单马双轮车，拉开女知识青年住的地窝子房门，帮助已经无人理睬的美丽姑娘收拾了行李，然后为她把小马车一直赶上大道。在路上他跳进沼泽，用肩膀顶出了陷在泥里的车轮。后来他拉着马缰，车轮吱吱地碾过那片白色的流沙，最后驶过了额尔齐斯河上的大桥，到了布尔津城的长途汽车站。但是，在那个人影寥寥的长途车站门口，他冷冷地推开了她递过来的一张照片。

你干得不坏，伙计。他默默地想着，大方地给年轻时代的自己打了个五分。原来你可没打算那么干，原来你曾经打算撞进那间地窝子揍她一顿。你喝醉了酒，听见有谁悄悄地说到海涛这个名字就跳了起来。你一声不吭地提着空酒瓶子往外冲，咽喉里烧得冒火。可是后来你害臊了，因为你忽然觉得醉醺醺地跑去打一个女的实在丢人。你想着，一扭头改变方向跑到了河边，望着那条稳稳前进的大河。额尔齐斯，那也是一条河啊，他想，那是全国唯一的流向北冰洋的外流河。整个阿勒泰山脉南坡的流水都向它倾注，它串通着一串串沼泽和湖泊，胸有成竹地向着真正的北方流淌。那是一条被酷暑严寒的哈萨克草原养育得自由自在的大河啊，原来它把喝过它水乳的人都悄悄地改变了。他把烟头在车厢铁踏板上按熄，又从口袋里掏出一支拿着。今天看来，你和海涛分手时的一举一动都是由于额尔齐斯河的缘故，那条自由而宽阔的大河重新塑造了你。

外面灯光密集起来。快到北京了，他想。夜行的列车也像一条河。辨不出首尾，辨不清源头和前途，只觉得一股劲奔腾向前，把两岸的灯火远留背后。这样的河跟河流地貌、自然地理并没有关系啊，所以我要写一首诗。我要描写这样的、从大自然和人心里流过的河。

超员的车厢里一下子喧嚣起来，扛着大包小包的旅客挤到这块窄小的空间里吵嚷着。“收拾一下吧，就要到北京站了。”他对她说道，随即站起身来。

人们继续朝这车门挤来。扁担、硬纸箱和装得满满的大旅行袋在眼前晃来晃去。他们两人被挤得紧紧贴在那扇车门上，颜色发紫的雪亮站灯疾速地一闪一闪流过。她目不转睛地凝望着他的脸庞，一句话也没有说。

前方出现了一个大水闸似的建筑，拦腰横跨在铁道上。他觉得列车像河水一样正对准这个水闸冲去。“哦，北京。”他小声地自语道。

3

他开始了高速运转。他首先咬着牙开始翻译李希霍芬的《中国》导言。这导言大约有三万多字。他在翻着字典时想，我要在报名时呈上译稿，请他们转交导师。他又觉得最好有论文，哪怕一篇也好。于是他就拟了几个题目：《黄河中游晋陕峡谷自然地理状况概述》《湟水河谷的黄土台地及植被》《关于额尔齐斯河流域的资源及综合经济》等等，可是写了几行以后，他发现自己写的不是论文，而是晚报或旅游杂志上用的大路货。他马上扔掉那几个题目去颜林家。颜林正在汗流浃背地给儿子洗尿布，颜老头捻着稀疏胡子听了他的论文设想以后笑了。老头说，放下你的那些论文吧，只要把基础课考好，问题就不大。但是老头本人并不招研究生。您怎么知道别人就不会事先上交论文呢？我还是要搞一篇，他想。我敢保证其他考生也都会来这一手的，这是光明正大的竞争，人人都不会放弃宝贵的机会。他从颜林父亲那儿抱回一大叠《地理学资料》和小册子，回家研究起来。当他发现不少论文实际上都是描述性的调查报告时，他欣喜若狂。原来野外的亲身调查也可以成为论文的基础，他考虑着，那太好了，我不仅有调查而且有整套缜密的方言调查资料作基础。我可以把方言的分布和发展与自然地理的分析结合起来。他决定搞一篇题为《湟水流域的人文地理考察》的文章，但他没有忙着动笔。他大量地阅读资料，皱着眉头捉摸那些论文字里行间的功夫所在。他没有过多注意那里面的内容，而只是锐利地搜寻着各种概念，以及行家们进入问题的角度和方法。他知道这里头一定有一些规矩。他愈读愈觉得自己的文章能写好，因为他已经模糊地发现了一条行家们严守着的思维的线路和框框。这条隐约可见的线路连结着一串串专用术语和概念，构成了一条神经，一个严密的网，一个冷静而独立的视角。他相信，这就是地理学。我逮住你啦，别看你闪烁其词，他想。干货就在这里。我要准准地抓住你，吃掉你，消化掉你，然后我使出我的方言调查的法宝，也来炮制一个。我的网和视角也会又独立又新鲜。他能读到的书和论文主要都是自然地理或经济地理方面的，他愈读愈发现结合人文科学的研究少而又少。这使他对自己拥有的汉语方言知识和旁听来的考古讲座知识满怀希望，他不时回忆起对他常怀偏爱的秦老师和新疆大学的往事。

他同时开始了对基础课的复习。除了翻译李希霍芬之外，他每天都做《简明基础日语》后头的练习题。考试全都是考基础，这个我深有体会，他想。从来都是这样：试题很简单，人们打开卷子心中窃喜。可是那些貌似傻乎乎的试题后面巧埋地雷，暗藏杀机。十之八九的考生没有发现自己从来没有掌握最简单的那些条条。他把练习题做了一遍又一遍，只要一出错，他就咬住错处狠攻硬背。他决定把这几页习题做上一百遍，一直到考试前三天才住手。政治课也一样，他从旧书店里买了两本哲学和政治经济学的小册子，把它们全都剪成词条，塞在右面衣袋里。骑着自行车赶路时，他左手扶着车把，右手摸出一张，瞥过几眼，默诵一遍，然后塞进左面衣袋里。等过了闹市，没有红绿灯路口时，再从右边摸出一张来。他骑车骑得很警觉，既没有撞了过路的老太太，也没有惹恼过警察。

这次回北京，他是作为一个北京人回来的。以前十来年里他虽然常常回来，但都是探亲或是过寒暑假。弟弟长大了，他第一次看见弟弟领回家一个时髦的女工时不禁想。弟弟已经是个支撑门户的大人，嘴唇上长着一层黑黑的胡茬。他看得出这个不言不语的小伙子正在暗中忙着自己的婚事。弟弟大啦，而且管了这么多年家，他想，我该接接他的班啦。母亲退休以后一直生病，他听弟弟说，这几年母亲的胃病常常发作。母亲很少说话，他只是从她银发下面的两只眼睛里发现了她的喜悦。

第一天全家三口坐在饭桌前时，母亲有些莽撞地忽然把一条鸡腿夹进他的碗里。她的动作很重，那鸡腿一下子推翻了他的碗。他看见母亲掩饰地转过脸去找来抹布，慌慌张张地擦着洒在桌上的汤水。他感到鼻子有些发酸。他差点忍不住握住母亲那双瘦骨嶙峋的手。

他承担了弟弟的买菜任务，并且和弟弟商量着给家里盖个小厨房。他每天上午十一点钟提起菜篮子，火急火燎地跑出去采买一番，然后回来交给母亲做饭——这样上午经常只能看三个小时书，渐渐地连三个小时也难以保障。他拼命地抓紧时间，可是弟弟的女朋友常来吃晚饭，他想自己要有个哥哥样儿，于是下午的四个小时也常被可怕地蚕食。只是晚上的时间极为安静，弟弟和女朋友去轧马路，妈妈坚决认为电视不值一看。他牢牢地攫住了这夜晚的黄金时间，伏在小书桌上向地理学和外语习题发起进攻。

他每天早上七点钟爬起来，夜里一点半或者两点睡觉。一般他温习功课到午夜十二点左右，然后推开那些地理学报、考古讲义和《简明基础日语》，摊开几张稿纸，开始写他的那首诗。诗的题目是一下子跳到纸上的：《北方的河》。他握紧了笔，觉得胸膛里的长河大浪汹涌而至。那些浪头棱角鲜明，又沉又重，一下下撞得他胸口发痛。他忍着心跳，竭力想区别开那些河流。十几年他见过多少条河啊，黄河、湟水、白龙江和洮河、额尔齐斯河与伊犁河，甚至内蒙古的锡林河以及青海的通天河。这些河流在他的脑海里飞漩激荡，他感到兴奋得有些晕眩。他看见了那么多熟识的面影和那么多生动的故事，他觉得这些河流勾画出半个中国，勾画出一个神秘的辽阔北方。这片苍莽的世界风清气爽，气候酷烈，坚硬的大路笔直地通向远方。他深深地激动了，他把笔尖伸向那些薄纸。他想用简练有力的词句几笔就把那些浪头和漩流钉入稿纸的方格，然后再去尽情尽意地描写那些古朴的台地、倾斜的高原和高海拔的山前草原。可是他一个字也写不出来，留在肚子里为他看家的那套汉语训练早已溜之大吉。他枯坐着，紧张地瞪着稿纸上的那个题目，听着自己的心在咚咚地跳。他不仅没有找到那种闪闪发光、掷地有声的语句，他甚至一个字也写不出来。他感受万千，但又一筹莫展，他呆呆地一直坐到两点钟，最后扔掉钢笔，一头栽倒在床上。

有一天深夜，他突然感到四周太安静了。这静寂使他有些若失所依、心神不定。他披上衣服推开了旁边外屋的小板门，小心地绕过堵满一屋的家具和煤气灶、粮食柜，蹑手蹑脚地走到母亲床前，帮母亲把薄棉被盖好。他轻轻把被子拉到母亲的肩头上，突然发现她正在暗影中默默地望着自己。

“妈。”他低哑地喊了一声。

“早点睡吧。”母亲悄声说。

他只是点了点头。几天来，他一到夜晚就忘记了母亲的存在。他从来没有听见板壁这一边有过任何声响。他沉重地坐在母亲的床沿上，一声不响地坐了很久，然后回到自己屋里，熄灯上床。

那天夜里他终于听见了隔壁母亲发出的鼾声，但他却失眠了。他靠在床头吸了好几支烟，出神地倾听着那低柔的呼吸的声响。后来他悄悄取过纸笔，在黑暗中嚓嚓地写了起来。他凭手指的触觉知道，写下的诗句不会重叠在一起。

这是一首新诗的最初的几行。

她被那位银白头发的老人领着，走进了他的屋子。这家伙，不认识啦。她望着他怔怔的神情，好笑地想。“不认识我了吗？研究生!”她微笑着问道。一阵清新的风正从敞开着的屋门外拂来，她头上的黑发在风中轻微地动着。

“我听说了一个消息，就赶快跑来告诉你。”她解释地说道，一面接过他递来的一杯茶。

“听说有一条规定，如果大学毕业生不服从分配的话，将要取消大学生资格，而且五年之内，全民所有制单位也不得录用。我一听说就慌了，”她说着自己先紧张起来，“我担心，人家会用这一条来对付你。”

他听了也紧张起来。他确实没有想过这一层。“不怕，只要我拿到准考证，一切就不会出问题。”他说。可是他的神经全竖立起来了，他的感觉在锐利地告诉他，麻烦事恐怕不会太少。他有些语无伦次，“没关系，我又不是不服从分配。哼，我是符合报考条件的。不怕，工作单位报到日期截止在十月一日，哈哈，可是八月中旬我就考完啦!”他为自己发现的这个时间差而得意了。“万一到了十月一日还没有接到录取通知书，我顶多去那个地方点个卯。等通知书一来我就逃之夭夭。喂，喝茶呀!”

她笑了。他可真自信，她喝了一口茶，他就不想想考不上怎么办。她吁了一口气，觉得有些累了。这家伙大概没有碰过钉子吧？她瞧着他自以为得计的傻样子，他怎么好像孩子似的，难道他对这个社会还没点认识么？恐怕再合理的事也不会那么顺利的。“我想，你还是要做好思想准备。”她说。他们都沉默了。她看出这年轻人心绪很乱。

他抬起头来：“你愿意看看我的诗么？”

哦，他还真的写啦。她注意地看了他一眼，接过那几张纸来。

“我已经写了好几次，只写了这么个开头。”他说。

她坐得舒服些，然后开始阅读那几页纸。一共只有几行。为了礼貌，她故意沉吟着读了好久。

好一个不安分的人哪，一步还没有站稳，他已经又迈出了第二步。她打量着那些揉得皱巴巴的稿纸，在那稿纸上面，这个小伙子大大咧咧地写上了“北方的河”四个字。“嗯，就是这些么？”她迟疑了一会儿，然后谨慎地问。这似乎不能叫作诗，尽管她也觉得这些字迹里带着一股烫人的东西。他太不安分啦，他被那些河惯得太野啦，她想，他根本没想到他这是在对着艺术宫殿的大门乱敲呢。研究生，让我对你进一言忠告吧!尽管你在那些大河里如鱼得水，但是这儿可是北京，是首都。也许，你对北京的了解还不如我深切。她撩撩头发，仰起头说道：

“我说研究生，这首诗……你还是不忙着写吧!”她看见他的脸色一下子变了，心里歉疚起来。“我不是说，我并不是说你写得不好，”她努力补充着，“我是觉得，你首先要对付这场考试。事情不会那么顺利的，你该多做些准备。你的诗，”她口吃起来，她想到他的自信劲儿和热情劲儿，“唔，你的诗，你要知道，艺术——”她说不下去了。她想起了自己那间闷热潮湿的暗室。我从那间黑屋子里走出来的时候，浑身湿得像刚从水里捞出来一样。你哪里知道我要熬过多少难关，才能从显影液里水淋淋地提出一张过得去的照片啊。而这样得来的照片，命运还吉凶难卜。你仗着热情就有恃无恐，可是热情不等于艺术，艺术有时冷酷得让人心凉。

“我懂啦，”他强笑地说，“我也知道，这开头糟透了。”

“不!”她慌忙叫道，“我不是那个意思。我是说——”你就是这个意思。他的这几行实在不像诗。说心里话，这只是一大堆白话，像一个野孩子站在岸上对着大河在喊叫。他太狂啦，他以为他什么都能干成，他以为他会煽动就等于会写诗。他到底是成长得太顺利啦。他恐怕还没有机会咀嚼过生活。她想着，差点对他直说出来：小伙子，艺术不是那么容易就能得到的!……但她心里充满的却是同情。她望着他蓬乱的头发，安慰地说：“先温习功课吧。你首先应该考上你的研究生。这诗，你好好收起来，我觉得，你写得倒是很真诚的……”

“不，它太糟了。我知道。”他回答说。他翻着那些稿纸，翻得哗啦哗啦响。“这些开头全该撕掉。”他小声地说着，慢慢地把那些纸撕成长条，又撕成碎片。

这姑娘很对，我没有写好。他有些伤感地想，我真是个大笨蛋。我压根儿没有找到那些本身就闪着光的词儿和句子。我没有找到那些本身就像河里的浪头一样，沉甸甸又动荡着的、色彩浓重又迷蒙透明的词儿和句子。我知道自己肚子里全是些真东西，他痛苦地咬着嘴唇，站起来扔掉那把纸片。我对那些北方大地上的河感情深重，对那儿的空气水土和人民风俗，对那个苍茫淳朴的世界一往情深。我以为只要有一个精力饱满的晚上，只要四周一片寂静，那些东西就会像一片瀑布或者一股火焰一样直接喷到稿纸格子里。可是没有。不是它们在喷涌，而是我在拼命地挤。挤出来的全是些又干又瘦的瘪三儿。

他深深地叹了一口气，然后决心结束这个话题：“不过，你等着，我会把它写出来的。”我还没去黑龙江呢，等我调查了黑龙江，我会把它写出来的。他开始观察眼前的这个姑娘，“怎么样，你一切都还好么？”

“好什么，”她笑了笑，“我——”

这时，门口一阵笑声和喧闹声打断了她的话。三个小伙子推开门，吵吵嚷嚷地走进了小屋。他连忙站起来，一边倒茶一边给她介绍：二宝、颜林、徐华北。颜林是抱着儿子来的。她坐了一会儿以后，就帮忙把那个胖儿子抱了过来。屋子里吵嚷声响成一片，他们谈着，提到了分配报到和报名考试的问题。

“伙计，”颜林从眼镜里深思熟虑地盯着他，“你应当去那个宣传科报到。不报到是失策的。”接着，颜林口气陡然一变，威吓地说：“年轻人，难道你胆敢蔑视北京户口么？这户口，一张比一吨金子还贵哪！”

二宝说：“算啦，报什么到。干脆咱们开个小酒铺，我也退职参加，而且，”他搔搔脑袋说，“我把录音机也搬来入伙，天天放咱们在新疆唱的那些知识青年歌。”

徐华北赞同地说：“就这么干。咱们把酒铺安到沙滩，开在作家协会门口。文学酒铺。咱们给那伙作家讲故事，连故事带酒一块儿卖给他们。”

二宝大喊起来：“太棒啦！咱们的啤酒一瓶卖一块！”

颜林打了个呵欠：“什么时候开张呵？可得赶个礼拜六，我不用接孩子的时候。”

接着他们乱嚷着吹起牛来：“我负责画广告；美酒加美的构思——每瓶收费一元。”“二宝！你小子可不许偷酒喝！”“颜林，干脆叫你老婆退职吧，叫她炒菜！”“别考研究生啦，酒铺里再开个私塾，专门教怎么对付考试！”“嘿！咱们这个酒铺把北京镇啦！”

真有意思，这些人。她躲在角落里听着。北京可真是思想活跃呀，像这样的青年人不知有多少。她羡慕地望着他们。可是我一直没能遇上这样一群人，她烦恼地挥了挥手，像是驱开他们喷来的烟雾。怪不得，我在黄河边上遇见他时有种新鲜的感觉，原来他们都是这么快活、直爽和新鲜。

她插不进他们的谈话。坐在一旁听着，尽管兴致很浓，她还是渐渐地感到了一丝孤独。黄河流域的采访和摄影任务已经结束啦，可是最叫人头痛的事正在迫近。她害怕面对那些人事关系，但她知道想发表作品，想参加影展，想叫那些摇头晃脑的权威点头又必须面对人事关系。她坐在角落里，似乎已经感到一只无形的巨手冷冰冰地按在了她的肩头上。

要是能和这样的一群在一起，要是能有这样的一群做自己的支撑，该多好啊，她痴痴地想。等到天色渐黑，她才从遐思中醒来，依依不舍地随着那几个年轻人走了出去。

这伙年轻人余兴未尽地、吵吵嚷嚷地走上华灯初上的街道。他两手插在裤袋里，和徐华北走在最后面。

“你怎么样，华北？”他问道。

“不怎么样，哪里比得上你，”徐华北微笑着，“大学文凭到了手，又为研究生的事儿发愁。”

他没有说什么，在一株树旁停下来准备和客人们告别。

“喂——”徐华北用下巴指了指那姑娘，“真漂亮呀，伙计。”他看见徐华北眼中的一丝嘲笑。

“路上认识的。”他说。

“我可真嫉妒你。”徐华北开了个玩笑。

他默默地和徐华北告了别，又过去和另外几个人握了握手。电杆上的灯光泻过树影，地面上一片斑驳。他想起了关于准考证的事，心情不知为什么变得沉重起来。他又把双手插进裤兜，然后缓缓地朝自己家走去。

他更加紧地工作。由于效率不高，翻译李希霍芬《中国》的事已经拖了很久，不过那篇充大人的所谓论文却写得很顺手。文章写完的第二天下午，他把稿子送到颜林父亲那里。他忐忑不安地坐在一旁，瞧着颜老头眯着眼睛读文章，后来颜林说他，当听见老头喊他的声音时，“脸都绿了”。

“这篇文章我负责帮你转交柳先生，”老头宣布说，“柳老爱才如命，尽管你这篇文章有不少地方写得……写得很可笑，但是，”老头宣判似的说下去，“你显然应当属于我们地理学。”

“颜叔叔，”他小心翼翼地问，“哪些地方，唔，写得可笑呢？”

老头说：“你的描述很准确。结合方言的地理分析也很独到。但是你显然根本没有摸过第四纪地质学，你对黄土还很陌生。小伙子，你懂得什么叫‘黄土’吗？”

他吓得没敢回答。虽然他也知道第四纪的黄土，知道“马兰黄土”“离石黄土”等概念。

颜老头嘿嘿笑了起来。“没关系，”他拍了拍他的肩膀说，“你是搞人文地理的，而不是搞黄土地貌。你大胆地使用了一种人文科学的材料，而且眼光独到。而柳老，柳先生过去在英国牛津是学人类学出身的，我估计，他会看重你的。”

但他已经听不进去了。黄土!他的脑袋已经晕了，黄土!我连一点像样的地貌知识也没有。我连这么基本的东西也没掌握。他从以往对黄河以及湟水的了解中明白：自己的这一缺陷是严重的。他联想到自己对付外语考试的那些宝贵经验。你一定会在考卷上大露马脚的，伙计，他责骂着自己，你会在那些基本的概念上踩响地雷，写下满篇错误的漂亮话。他脸色铁青，好不容易才顾全了对老头的礼貌。

他当场从颜老头那儿抱走了一大捆书：科学院地质所编的《中国的黄土堆积》、一本出版年代虽然嫌早，但却是奠基之著的《黄土》，以及几十本地质、地理方面的学报和论文集。骑着车回家的路上,他突然又想起李希霍芬的那本《中国》里也有一些他不曾留心的黄土论述,他决定当天晚上就把那些段落找出来精读一遍。路过沙滩东面的十字路口时,他下车来把书捆了捆牢,然后在小店里排队给家里买元宵。交钱时,他暗暗吃了一惊:他的全部资本,那一百多元钱似乎已经所剩不多。黑龙江,他想,不知道钱包里的这些小伙计还能不能帮我去黑龙江。他决定要做一次精打细算。再跨上车时他觉得心神不安,仿佛有种不祥的预感。横过马路的时候他没有控制住车把——这是他回北京以来第一次和人撞车。一个迷迷糊糊的“四眼儿”一头栽到他怀里,并且连车带人摔倒在马路中央。他猛扭了几下,用脚支住了地面——立即又明白这是错误的反应。我应该可怜巴巴地摔倒才对,应该让他把我压在下边才好。他望着威严地逼近的警察想。他一句话也没讲,他从那警察的眼神中看出,只要一分辩,自行车保险被扣。警察拖着长腔,慢条斯理地“消遣”他时,他谦恭地默立着,先考虑了一会儿“黄土”的事,然后改背政治经济学名词。“罚款一元。”等警察掏出小本开发票时,他如释重负,从钱包里摸出一张“透明大团结”递过去,等着警察找钱。等他接过找回的九块以后,立即飞也似的把车一拐,骑进了科学院图书馆。

他在开架阅览室里打开各种百科全书和词典,把“黄土地貌”的词条全部浏览一遍，并且摘录了一些提纲挈领的东西。不过，当他伸手搬下高高放在书架顶上的日本保育社版《现代百科大事典》时，右肩的肌腱钻心般地疼了一下。他差点喊出声来。那本大书重重地砸了一下他的肩膀，然后摔在地板上。角落里站起来一个老管理员，对着他照直地走了过来。

书没有摔坏。他跪在地上抱起那书来，一面用袖子擦着那书的人造革面，一面小声地朝那老者道歉。那老管理员注意地看了他一眼，“你不舒服么？”他听见那人在亲切地问他。他努力地做出了一个笑容，抱起大书坐了下来。当他翻阅着这部辞书时，心头悄悄掠过了一阵苍凉。这条胳膊叛变啦，他想，我还以为它早就好了。没想到你这么软弱，呸，胆小鬼，背叛的东西。他咬着牙暗自咒骂着。他竭力不再想这件事，专心地把心思埋到那些书里去。他一本又一本地查阅着，辞典和百科全书像流水一样被取来又送回。他读着，觉得这些书也像一条河。闭馆铃一响，他就离开图书馆驱车回家。一路上目不斜视，中速行驶，特别提防着身旁骑车的妇女和戴眼镜的。

第二天他的运气更坏。

他一清早就骑车到了 A 委员会。颜林老爹所讲的人文地理学泰斗柳先生就在这个 A 委员会所属的一个研究院供职。他锁上车后,径直向大门冲去。

“哎,回来回来!”传达室的窗口伸出一只手来。他忙上前说明来意。那窗口后面坐着一个面如镔铁的胖妇女。她冷冷地听着他的话,伸手拨了个电话。他只好等着那胖女人掐头去尾地把他的事用电话传达过去。咔嗒,电话挂了。胖女人黑脸一沉:“研究生办的人说啦。应届大学毕业生一律在学校报名,领取准考证。不给单个人办理报名手续。”

他觉得头顶上挨了一记雷轰。那女人转过铁面孔去织毛衣了,他连忙解释道:“我有特殊情况,我是……”

“不行!特殊情况,特殊情况,哪儿那么多特殊情况!”那女人出口不逊,“没人听你的特殊情况!”

他使劲咽下这口气,尽量用研究生的温雅口吻循循善诱地说:“对不起,耽误您了。我的情况比较复杂——您让我进去,跟他们研究生办公室的同志谈谈好吗?我的情况,他们一听就会同意的。我——”

那女人狠狠地把窗子砰地关上了。

他暴怒地扑上去,用拳头砸那扇窗子。

窗子又唰地拉开,一张气歪了的胖黑脸朝他吼着:“干什么!你抽风哪!”

他的牙咬得格格响。他粗鲁地问:“喂,我问你,是不是你们家老头子揍少啦,惯得你这么浑?”

他看见那铁黑脸哆嗦着，伸手去抓电话。他冷笑了一声，扭头冲出门厅。这家伙准是要找保卫科，他想着跨上了自行车。他骑着，气得浑身在发抖。

他在气急败坏中居然心生一计。他找到一个公用电话，在电话簿上查到了A委员会的号码。他使劲克制着自己，使自己平静下来，然后拨了号码。电话通了，他尽量装出一口青海腔，大模大样地讲：

“研究生办么？我是新疆大学。我们学校有一个考生的准考证没有寄到。我们查询的结果，发现邮局把他的报名表寄丢了。现在考期已近，我们准备让这个考生直接到北京去交涉，并且参加考试。请你们接待一下。”

电话里静了一会儿。他的心怦怦跳着，痉挛的手死死地攥住电话听筒——这时，那边答腔了：

“好吧，但是，让他带上你们学校政治部人事处的介绍信，详细说明原因。”

他忙又操起青海话：“时间来得及吧？我们可不能耽误人才呀！”

电话回答说：“唔，反正报名还没有结束。而且，你们这不是打了招呼了吗？我们记着就是。”

他挂断电话，浑身浸透了汗水。幸好那“把门虎”拦不住电流，他喘着粗气，而且今天的几句青海话讲得有板有眼，俨然一副大学里的办公室主任的口吻。

他马上飞车赶到电报大楼，给新大中文系的恩师秦老师发了一份加急长电，详细说明了苦衷，要秦老师明天就把介绍信寄出来。拜托您啦，秦老师!他想。秦老师是个极为善良慈爱的女性，她是决不会看着她的门生在这里受气的。秦老师没准寄特挂呢，他分析着。没错，秦老师一定寄特挂，而且同时再直接给那个A委员会写一封盖公章的长信。

打电报整整用了九块七毛钱。他干脆坐在电报大楼的皮沙发上，清点了一下囊中财产。还有九十块零几毛，他默默地盘算着，刚好够跑一趟黑龙江回来。我可以不住招待所和旅馆，一律睡车站或者住老乡家。我还可以到处截卡车坐，最好能在黑龙江上干几天船夫什么的短工。

黑龙江，他一想这个名字就心荡神怡。那可是一条迷人的巨川哪，完全是由一条黑龙变成的大河。如果跑了黑龙江，我就算见过了西至阿勒泰，东至小兴安岭的整个广袤北方的一切大河。“从额尔齐斯——到黑龙江!”不，“额尔齐斯在西方流逝，黑龙江在东方奔腾!”他顺口诌出了两句，又摇摇头笑了。不行，伙计，这哪里像诗呢。他离开了电报大楼，顺着宽阔的长安大街缓缓骑车回家。他顺手从右面口袋里摸出一张政治词语卡片，读完，灵活地一换手，塞到左边口袋里，再摸出下一张。他快活地吹着口哨，吹了哈萨克情歌《美丽的姑娘》，又吹了《乌苏里船歌》。他想，这些卡片像是从额尔齐斯河一张张地流进了黑龙江。他不禁笑了，心里很快活。路过北京站时，他瞥见大钟正指着上午十点。钟楼上悠扬的乐曲奏起来了，他使劲吹着口哨应和。这一天才刚刚开始，他想，这一天过得真不错。我回去后就去译那本李希霍芬，五天内完成译稿第一稿，并且去研究生办公室办好手续。等准考证一到手，我就出发去黑龙江。要抓紧，他想，也要节省用钱，一星期之后力争出发，挺进黑龙江。

晚饭的时候天气闷热，他和弟弟、母亲把小饭桌抬到屋外，在一片蝉声中吃着面条。母亲炸了一碗香味扑鼻的花椒油，他狼吞虎咽地吃着，吃得浑身大汗。

“哥，咱们盖小厨房的事儿，”弟弟慢条斯理地说道，“我看料快备齐啦。人工也方便，我们那儿有一伙铁哥儿们，都说了，言语一声就来。家伙我去厂子里借。用不着管饭，他们说了，帮工不帮饭。砖、沙、麻刀、木料、管子——料是差不多备齐啦。主要是两件事麻烦点：一是打个水泥地，得买几袋子洋灰；二是顶棚，咱们是买点油毛毡呢，还是买点石棉瓦？油毛毡省点，找路子买处理的，三四十就够啦。”

他停住了咀嚼,慢慢地放下了筷子。

我太顾自己啦,他想。我忘记了家里没个小厨房,忘记了妈妈是挤在锅碗瓢盆和煤气灶中间休息。我一心只想着自己的准考证,想着去闯荡那条遥远的黑龙江。我忘记了,弟弟正在不声不响地维持着这个家,还有一家的生活。他放下了碗,直起腰来望着弟弟。

他想起自己隐隐有过的对弟弟不爱读书的反感。他望着面前这个粗壮的小伙子,又想起了那个一打输了架就来找他的小男孩。他总是冲出去扑向那些恶霸一方的混小子,而那个小男孩则像条勇敢的小狼一样,从他侧面扑上去投入复仇的反攻。后来他离家远行,一走十多年。他只知道家里有个弟弟,这弟弟陪着母亲看家守业,打发生活。

“小弟,”他沉吟着说,“这些年,多亏你照顾家,照顾妈。我回来了,你该歇歇啦。小厨房需要的料,由我来买吧,我也该出点力啦。”他望了望院子里那个千疮百孔的破棚子,别了,黑龙江,他想。好好地奔流吧,我将来会去看你的。

弟弟依然慢条斯理地说道:“不用,哥。咱们一人出一半吧,哥俩么。”

晚饭后,他和弟弟仔细地盘算了盖小厨房的事,具体地商量了人工、用料和动工的日子。当他把钱交给弟弟的时候，他吩咐说：“喂，小弟，告诉她——星期天来吃晚饭。”他又补充了一句，“告诉她，是哥哥请她。”

弟弟高兴地咧开嘴笑了。还像以前那样，他想。以前每当他帮助弟弟战败了那些热衷于征服的鼻涕英雄以后，弟弟也总是这么笑的。

他回到自己的屋子，打开台灯，拿起李希霍芬的《中国》。他译得非常快，因为他的精神从未如此集中而安详。一个个准确的词汇涌向笔尖，待他把它们嚓嚓地写在稿纸上时，那些词汇又添了一分严谨和文采。他唰唰地写着，偶尔翻一翻辞典。他模糊感到时钟正在一旁嘀嗒响着，但他并没有意识到这就是时间。右肩的疼痛开始持久起来，但他心里对这疼痛是麻木的，他觉得那疼痛与他无关。他译得出了神，思想愈来愈沉地陷入那德国地理学大师深邃的思路中去了。他译着，觉得自己正愈来愈清晰地理解着黄土，理解着地理科学，理解着中国北方的条条大河。

“有位客人找你——”母亲在门口唤道。

他好不容易才恢复了感觉。他活动了一下筋骨，推开门走到外屋。

一个陌生的中年人从黑人造革包里摸出一个信封递给他。他打开一看，赫然一个“新疆大学政治部人事处”的鲜红大印跃入眼帘。“秦老师——”他不禁小声叫道。

来客说，下午他正在民航售票处买票，秦老师拉住了他。他说他早就发现那个戴眼镜的女教师在围着他转了。“她一直盯着我，”来客吁了一口长气说，“你的那个老师说，通过邮局赶不上今天下午的飞机了，她要求我今晚一下飞机就亲自送到这儿来。千叮咛万嘱咐的，”他又歇了口气，接着站了起来，“我答应了，就送来啦。行啦，没我的事啦。”

秦老师在附来的一张明信片背面写道，与 A 委员会研究生办公室联系的结果，要随时告诉她。如果再有障碍，她动员学校派人来交涉。“只是，”老师用一种娟秀的字迹写道，“你是在奔跑着生活。你不觉得太累了么？”

他送走了那位守信用的空中来客，回到了小屋，重新坐在桌前。家里又是一片寂静。他拿起秦老师写来的明信片，那明信片正面印着一条浮冰壅塞的大河。那是解冻时节的黑龙江。他用图钉把这张明信片钉在墙上，然后继续翻译李希霍芬的《中国》。他神情冷峻地写着，钢笔尖重重地划着纸面。午夜十二点时，他收起了辞典和译稿。他又取出一沓纸，把台灯罩拉得低些。他一直专注地写到三点钟。这个晚上，他写出了那首诗的第一节。

4

她茫然站在他家门口。这家伙不知道跑到哪儿去啦，她怅惘地想。其实她猜得出来，他多半是躲在图书馆里。别找他啦，他全部心思都在那些河里呢。她慢慢地打开自行车的锁，不知为什么觉得很疲惫。

“你好。”一个亲切的男人的声音在唤着她。

她费劲地定神看着。原来是——他叫什么来着？她笑了笑，“你好，”她回答说，“他——出门啦。”

“我是徐华北。还认识么？”

她握住伸过来的一只大手。“认识。你不也是那个文学酒铺里的么。”她回答说。

徐华北笑了，“没错。我也许端盘子当跑堂儿。”

这个男的也挺神。她和徐华北推着车离开了小院门，她嘴角浮着一丝笑纹。他们这一伙都挺神。他们都是高个子，而且都活泼而神气。下班时分，人行道上和马路上的车流人流正在喧嚣，她打听了徐华北的工作，知道他在一个食品厂当秘书。“你呢，听说你搞摄影？”她默默地点了点头，抬眼望望滚滚的车流，她的神情变了。

今天，照片和幻灯片都退回来了，她想，包括那两张最好的。真干脆，一个牛皮纸信封就都退回来了。怪不得昨天做出差总结的时候，赵主任的脸色那么奇怪。我还激动地在那儿滔滔不绝地说呢，真没点眼色。今天一个牛皮纸信封，全退回来了。她想起出差回来后那几天的情景。那几天肚子总疼，浑身没有一点力气，可是她一直蹲在暗室里。找调子，找画面，像在蒸笼里一样喘着。作品的最后制作已经完成，几张十二寸的彩色照片装嵌在精致的白色硬纸框里。可是一张也没有采用，全退回来了。她想，我连去医院看看病的空儿还没等到呢。暗室还没有收拾干净，那个大牛皮纸口袋就摆到了工作台上。她眯起眼睛，避着夏天耀眼的阳光，推着自行车慢慢走着，心情坏透了。

“我讨厌新闻照片，”她听见徐华北说，“我喜欢艺术摄影。”听你口气多大，艺术——摄影，她朝他投去冷冷的一眼。今天上午，她咬着牙关，一声不吭地收拾那些照片和幻灯片的时候,眼泪不争气地溢出来了。后来坐在对面的老谢踱了过来，说有个旅游杂志急着要上一张西北风光片，问她愿意不愿意帮忙支援他一下。她居然能冷静地和老谢聊了一会儿,只是不敢正视老谢善良的目光。

“我不太爱看影展,不过,我倒是很喜欢那种黑白的艺术摄影。”徐华北显然没有注意到她的心情。她的心里突然涌起了强烈的反感。艺术,你懂得什么艺术!照我看艺术是最虚假的一个词儿。少来这一套吧,她用一种怀疑的眼光瞧着徐华北,什么你们都懂,什么你们都敢插嘴,我讨厌你们这种无孔不入。我比你懂得摄影。她加快了步子,抢先推车走上人行横道。

徐华北继续说:“前些天我在北海画舫斋看了一次影展,白跑一趟。我觉得真亏。”他的声调很缓慢,充满了自信。

她站住了,从书包里取出一个牛皮纸口袋。“您能劳神看看这些,哪些最次,哪些稍次吗?”她嘲笑地盯着面前这个不知趣地奢谈艺术摄影的青年。徐华北惊讶地接过来，然后开始一张张翻看起来。她余兴未尽地又掏出一张在暗室里弄坏了色调的黄河风景,“喂,瞧这个,黄河之水天上来。怎么样?”她的精神来了,她渴望好好地恶作剧一下,戏弄戏弄这个班门弄斧的人。你还什么喜欢不喜欢摄影的，哼，所谓摄影不过是我在艰难之中捕捉的一个幻影。我真希望有一天能拍下这个影子本身，然后把一切照相机全砸烂。“这张还不错吧？瞧这颜色!”她兴致勃勃地说。

徐华北推开她的手，举起一张照片问：“这是谁照的？”

她惊呆了。她愣愣地瞪着徐华北，觉得这年轻人深邃的黑眼睛正洞察着她的五脏六腑。打碎的彩陶罐，她在心里喃喃地说。真厉害，这家伙。“谁知道是谁照的，一张破静物呗。”她说。她不服气地打量着这位食品厂的小秘书，她不相信有人能理解这帧画面。这样平淡无奇的画面，它的完全隐藏的内涵，只有当人们听说作者是一个伟人之后，才会牵强附会地去大事发掘。难道你能看透我的心？呸!

徐华北推开其他照片，把那幅静物移到阳光晒不到的地方。“苍凉古老的黄土高原。生的欲望强烈得逼人的一片树林。端庄、美好、宁静的陶罐子，可惜它碎了。”她听着徐华北低沉的嗓音。他的嗓音很好，低音浑厚，她想。他们都有这样的嗓音。“它是碎的，不可弥补地残了一大块，哦，我觉得，这简直就是我们这一代人的生活。”徐华北沉思着，斟酌着词句说。

“不仅仅是我们，”她怯生生地插话道，“这就是生活。”

徐华北的目光像闪电一样射了过来，她慌忙避开了。她听见食品厂秘书愤慨地反驳道：“不，就是我们!再没有谁的生活像我们——打得这么碎了!”她听着,心里不再想反对他了。真的是这样,她想起了上午的事,我们。就连我们咬着牙把它粘起来以后,还要再被打碎呢。她抬起头来,信服地望了望徐华北。她发现这个年轻人也是那样身材高大,充满自信,身上散发着一股强烈的力量。

“是你照的?”徐华北凝视着她问。

她轻轻地点了点头,心里拂过一阵感动。

“真不简单,”徐华北尊重地望着她,诚恳地说,“黄色,绿色,破碎的彩色;高原,树林子和古老的文物——哦,也许还是你对:这古老的罐子应当象征古老的生活。我们这一代,也许也没有什么太特别的。”他黯然摇了摇头,她也没有说话。我们这一代的事记在我们自己心里,她想,只有我们自己知道它的滋味。她抚摸着自行车的车把走着,觉得自己正在和这年轻人无言地交流。他们推着车走着,谁也没有再开口,街上的车流和行人稍稍稀疏些了。他们真是一群最好的人啊,她想。我能遇到他们真是件值得庆幸的事。只是你们这样的人埋藏在人海里,要找到你们就像沙里淘金。她突然想到一个念头。她的脸红了,烫烫的发烧。她悄悄瞟了一眼身旁的年轻人,不管怎样,如果你们真的开个文学酒铺,我一定也天天去那儿坐着,我也去喝你们那种一块钱一瓶的啤酒。

“你再看看这张，”她拣出那张《河的儿子》，阳光在上了光的照片上一闪，她感到手里像亮起一片红红的色彩。

徐华北精神专注地看着，仔细地打量着那烧沸的河面和裸着的男人。她觉得徐华北看得很认真，恐怕没有漏过一堆浪头、一个色块。最后，徐华北爽朗地笑了起来。“哈哈，这是——他。”她略侧着头，满怀兴趣地听着。“他就是这样，干什么都不顾一切。”徐华北沉思着说道，“瞧，他又朝着他的目标冲上去啦。”

“听说，你们原来在一块儿插队？”她问。

“对，在新疆。后来，各奔前程啦。”

他们沉默了一会儿。

徐华北把照片收拾起来，顺口问道：“这样好的作品，你为什么不拿出去发表？”

她停住了，凝视着徐华北。静了一会儿，她终于把牛皮纸口袋，还有一切都原原本本地告诉了他。

徐华北慢慢地露出了一个坚决的笑容。“明白啦。这种事用不着多解释。”徐华北说，“到处都一样，到处都在压我们年轻人。不过，我们可不那么好惹，我们也长着会咬的牙。”她看见徐华北脸上渐渐浮现出一种近乎残酷的果断神情。这神情点缀了他那张清癯方正的脸庞，使他显得在一刹那间像尊凝固的雕像那样饱含力量。

“要比就比，要干就干一场吧！”徐华北继续说，“我们可不像他们想得那么好惹。”

“算啦！”她忽然激烈地反驳道，“谁承认你！像我，一个人，累死苦死还不是——”她使劲抓紧了那个牛皮纸袋。

“我帮你干。”徐华北斩钉截铁地说道。

她意识到自己已经同徐华北走了很久了。她收好了照片，打算和这邂逅的青年告别。徐华北一条腿跨到车上，突然微笑着朝后面指了指，问道：“你知道他今天到哪儿去了吗？”

她当然不知道。但她猜得出，他今天反正是在和那些河流有关的地方，不是图书馆，就是什么大学。

“他今天去拜见未来的导师，”徐华北告诉她，“我刚刚想起来，颜林的父亲把他的文章交给了一位姓柳的地理专家。老先生有话，叫他今天去一次。”

她欣喜地睁大了眼睛。这么看来，他的研究生，有门啦。她如释重负地想，愿我们大家都顺利，都成功吧。她高兴地向徐华北伸出手来告别。

他从柳先生的四合院里走了出来，倚着一棵树擦着头上的汗。他心里充满了喜悦，甚至是神圣的感觉。

当他看见沙发里半埋着一个老人时，他就明白：决定他人生的契机到了。他屏住呼吸，姿势僵直地坐在老人对面。黄土，他绝望地想，不知道他的黄土给这位地理学泰斗留下了多恶劣的印象。他想说，那篇文章是我以前写的，我现在已经开始读黄土的书啦。可是他没有敢开口。他一直那么规矩地坐着不动，听着挂钟沉缓的响声。

“会几门外语？”老人威严地提出了第一个问题。

一门半，他想。但他说：“两门。”他的心跳了起来。可别当面考，老先生，我可以查着字典干，这一门半可以当两门使。我可以夜里干，耽误不了事的。

“再学两门吧，怎么样？”老人的第二个问题是商量式的，他连忙点了点头。“英法德俄日，这几门外语都很重要，”老人说，“研究展开以后，没人替你当翻译。懂吗？”

他轻轻地把椅子往前挪了挪，一字不漏地听着。他觉得，自己离那个全力奔赴的目标正在靠近着。

“听说，你已经跑了不少河流？”

听到老人这第三个问题以后，他兴奋起来了。“我在额尔齐斯河边上生活过，我在那儿插过队。我还去过黄河和湟水，在湟水边上搞过方言调查。”他结结巴巴地说着，好不容易才咽下了关于游过黄河的事。“我还准备去看看其他河，至少把以前我见过的一些河流重新调查一次，而且，我还要去调查黑龙江。”他停住了，等着老人的指示。黑龙江，他想，黑龙江我去不成啦，钱已经买了油毛毡盖小厨房。

柳先生闭上眼睛，躺在沙发里久久没有说话。

他觉得房间里静极了，只有挂钟的大摆在嚓嚓地响。有一会儿他不安地望望老人，他担心老人已经睡熟了。

“人文地理，这一行很苦，”老先生突然开口了，“年轻人，你愿意在这个领域里干完一生么？”

他微微地震动了一下。他想说什么，但没有说出来。

柳先生的声音很小，但很清晰：“没有一种知识是无用的，但是也很难有一个学科能综合一切有用的知识。我觉得，我们要培养那样的人，我希望有人能以地理科学为基础，深刻而不浮夸地综合其他学科，成为一种真正有眼光的科学家。因为，在学科分支发达以后，科学在取得了伟大成果的同时，科学也正在陷入片面。年轻人，这不是一件随便说说的事。你要下决心吃苦，除了自然地理、经济地理、历史地理，你还要学习人类学和考古学，你要把你学过的那些方言知识搞得更深入。你得逐渐掌握统计还有计算。这些都不是轻松容易的……”

他入了神地听着，觉得这位老人的思索也像一条伟大的河。这是一位白发苍苍的统帅，他想，这样的统帅不用黄土吓唬小孩。中国真是藏龙卧虎之地，四合院里也潜居着宏观世界的哲人。真棒啊，他用崇拜的眼光望着老人，我真想现在就拜他为师。以前我从一条河跑到另一条河，我以为这样干就一定会成功，其实不，年轻人在一生的关口原来需要一个导师，这种导师将深思熟虑地指导他的人生。

柳先生最后挥了挥手："你的文章我读过了。唔，回去好好准备吧，把基础课考好。记住：每门功课都必须名列前茅。"

他在林荫道上慢慢走着，回味着柳先生的话。我已经是个幸运儿啦，能找到这样好的导师。首先要考上他的研究生。要考好，而且要名列前茅。他计算着，我还有一个月时间，我已经译完了李希霍芬《中国》的导言。我已经把地理系的功课又复习了一遍。总而言之，我正在扎扎实实地准备着哪，我一定要考好，要力争名列前茅。

他骑上车顺着街道驰去。在一个药店门口，他下车进去买了几贴伤湿止痛膏。现在他的右臂已经一动就痛，但他不愿去想它。他脱去半边衬衫，把一块膏药贴在右肩的三角肌上，然后穿好衣服，上车继续前进。他鄙视这条胳臂，他坚信自己会很快使它投降。我有一颗有劲的心脏呢，他想，我的肺活量也很大。我的两腿、左臂都状况良好。我的大脑一天只要休息五六个小时，就永远敏捷可靠。我会抓紧这一个月时间的，他想。他知道自己既然能把过去的时间利用得那么有效，就一定能抓紧这剩下的时间。他使劲地蹬着自行车，朝 A 委员会的方向疾驰而去。

但是，准考证的事情仍然没有进展。秦老师奇迹般当日送到的介绍信看来也没有解决问题。

上次他送介绍信来时，研究生办公室的人讲，“可以研究研究”。而今天他们研究的结果是，因为报名期内的工作已经结束，不能补办其他考生的手续。“明年再考吧，”那位研究生办的职员劝他说。

他吓坏了。他急得声音颤抖，冷汗一下子浸透了衬衫。一个小时后，那位职员最后表示，研究生办是完全同情和理解他的，他们可以负责把他的情况反映上去，让上级再研究研究。

他心事重重地跨上车子回家。从柳先生静谧的小院里带来的那种神圣纯净的激情已经荡然无存。他的两只手都在微微颤抖，好像扶不稳车把。他强制自己做着深呼吸，想平息心里慌乱的激动。一点办法也没有，他失神地想，那些人刀枪不入，软硬不吃。原来是这么个结局在等着哪，干脆堵死泉眼，让河流从开头就干枯掉。怎么办呢？怎么办呢？他没有了主意。路过邮电局时，他抱着挣扎一下的想法又给秦老师打了个电报。

他突然看见一个新开张的知识青年小酒馆。他心里一动，立即调转车头，朝徐华北家的方向蹬去。他想起徐华北的姑父在A委员会工作，是个领导干部。找华北去想想办法吧，他想，千钧一发啦。

他推开徐华北家的单元门时，手表正指着下午四点。

徐华北正在摆弄一些贴在大幅硬纸上的照片。他一眼瞥见了那些熟悉的画面：彩陶罐，黄河的傍晚。她来过这儿啦，他突然想到，她正在和徐华北来往呢。“喂，华北，干什么哪？”他问。他发现自己的声音很别扭。

他看见徐华北慢慢地坐直了身子，然后又慢慢地看定了他。他立即明白了。原来是这样，他想，我明白啦。

“写篇小评论，”徐华北平静地说，“我有个熟人在摄影家协会，帮她推荐几张作品。”他望着徐华北，没有说什么。“她不容易，也太不顺了。得帮她一把。”他还是没有说话，信手翻弄着桌上堆着的大照片。华北好像知道我想什么似的，只用个“她”字。别来这一套吧，华北。还在阿勒泰的地窝子里钻的时候我就见过你这一套。那时候，我们那一伙人还都没有刮过胡子。我们从来不买刮脸刀片，甚至见到别人刮胡子还觉得别扭——那时候我就见过你这一套。海涛给我讲过你的故事。当然啦，我们离开那里以后就不提旧账啦，在北京人和人用不着挤在一个地窝子里的一条皮被子下头，所以没有必要说那些往事。

“我也不顺利哪，华北。”他冷冷地说。

“你？研究生不是已经大半到手了吗？你有什么不顺？”

算了，华北。用不着这样，连讲话都充满敌意。你的那些故事还留在额尔齐斯河边上，尽管人们都已经不再用那河边上的规矩待人律己，可是那条河记着一切。那条流往北冰洋的河看重诺言和情义，也看重人的品质。

“我今天倒了霉啦。”他阴沉着脸对徐华北说。

“什么？今天你不是给你导师烧香去了吗？”

“我听不懂，”他有些生气了，“什么叫烧香？”

“烧香都不懂么？哼。”徐华北挑战般笑了一声，“烧香就是走后门，趟路子，就是进贡表忠心。”徐华北的脸色冷峻起来，“烧香不是坏事么，你不烧他烧。我们本来就被压得他妈的喘不过气来啦，烧香怎么样？放火也合情合理。你干嘛？假正经？你够顺的啦。大学稳稳毕了业，又分到北京城。再一步步地往上混，眼看研究生又要到手啦。你够顺的啦，伙计。你不懂——你不懂谁懂？我看数你的香烧得地道，没考就内定了。没有颜林他爹，你能趟开路子吗？”

他听着徐华北的发泄。他渐渐地平静下来了。华北在额尔齐斯河边上的时候，可没有这么大火气，也没有这么多话，那会儿华北多谦恭。他想起了那条浩浩荡荡地向边境流去的大河，哦，在那条河上人们讲的是另一套行话。那条河只认识意志、热情和诺言。那儿的水土只认识有劲的胳膊、大碗的白酒和爽快的大笑。华北，那时的你是多么文雅、多么谦恭呐。那时你讲不出这么一套，更讲不了这么粗。他抬起头来，打断了他的话：

“算啦——华北，告诉我——你看上她了？”

徐华北怔了一下，然后坚决地回答道：“对，我爱上她了。”他看着徐华北站了起来，两眼冒着火光。“我可没有你那么顺。我没有大学文凭，也没法子考研究生。我想的全干不成，好事从来轮不上我。我从六岁就学过钢琴，十一岁就在少年宫学画。我不信我就当不了个艺术家，可是我连个艺术毛也摸不着。妈的，家抄了几遍还不算，还把我涮到新疆玩砍土镘，一玩就是四年五年。要不是靠着熬了几年大头兵，今天也爬不回这个窝。我白白地在那儿踩了两脚泥，到现在才混了这么个烂秘书，而且，是给个白痴当秘书!”徐华北猛地挥起手，“冬”地砸在旁边的钢琴键盘上，那琴发出一声吓人的轰鸣。“但是我懂艺术!……我理解她的摄影，她现在和我一样不顺。我帮得了她，只有我帮得了她这一把。我看见她的第一眼就觉得我们俩合适。我们俩都要靠这一步跳出坑来……”徐华北满脸涨得通红，在地板上急促地走来走去。

“怎么，你有意见？”徐华北凶狠地盯着他。

“不，”他简短地回答，“我管不着。”他坐了下来，奇怪地打量着徐华北，“坐下，华北。你怎么啦？”

徐华北局促地笑了一下，语调又恢复了平常的样子。“呵，对不起。我最近不知怎么，心情不好，总是激动。”

他坐在椅子上，注视着徐华北去给他沏茶。多有意思，瞧华北又变得文质彬彬了。现在华北和这套房间的陈设和气氛又一致了。但刚才可不同，他想，跟在额尔齐斯河边插队的时候更不同。那时插队已经到了第四个年头了，布尔津附近的戈壁滩上总是刮着风沙。走近额尔齐斯河的白砂岸时，常常能看到砂粒在水面上溅起一大片密密的麻点。那个春天汛期过后不久，他曾经看见华北躲在陡岸下面哭，泪水在脸上冲开污垢，淌成一条条花道道。他还记得那天天色晚了，河水在薄暮中闪着白晃晃的光。我一点也不想讥笑你，华北。当时我急忙离开了河岸，生怕打搅了你。我以为你正在认真地回顾你的插队生涯呢，可是你没有。你没有去找那个被你甩掉后变得痴痴呆呆的女孩子谈谈，也没有和那些心直口快的牧人们告别。我不知道你是否记得，你曾经义正辞严地向公社书记抗议，因为他没有在听到最新最高指示后组织庆祝游行。当然，那是插队第一年的事了，后来我们都变得那么褴褛和潦倒。讥笑你是不对的，华北，讥笑你等于讥笑我自己。但我是不会赞成你的，你后来能为一根纸烟就和二宝翻脸，凶狠地对二宝破口大骂。我更不能赞成你那样离开。有一天早上，你声称去布尔津城买东西，就再也没有回来。你把行李、皮袍子和破烂的毡靴乱七八糟地扔在地窝子里，甚至连我们一块儿照的那张合影也没有带上。那是我们在额尔齐斯河边的芦苇地里照的唯一一张合影，背面有我们几人亲笔写的、要患难与共的誓言。我知道，你是厌恶地诅咒着离开那片土坯小屋的。不过那时你没有这么硬的口气，也没有这么凶的目光。你走向布尔津的时候佝偻着腰，我记得你的身影悄无声息地消失在那道白砂的河岸后面。

他默默地想着，小口喝着华北端来的茶水。茶很香，几片茉莉花瓣浮在水上。他望着墙边立着的漆黑闪亮的钢琴，那钢琴在斜阳柔和的光线中呈着一种凝重高雅的光泽。他突然觉得这环境正在有力地否定着他的思想。那些河是多么遥远哪，他想，这里并不受那些河的主宰。难道不是么，大家回到这里就不约而同地不提往事，尽释前嫌。在北京扯那些话题多不招人喜欢哪，生活在这里早就重新开始了。大家都在重新选择生活。我和华北、二宝、颜林，还有她，都在重新选择生活。她自己会考虑好和华北的事的，她十二岁就见过那么大的世面。我当然管不着，华北，我更不会有什么意见。不过你要记住海涛给你的教训，那件事情你不该忘掉。你当年就是这样找海涛的，你也是这样，一见到海涛就甩了你原先的女朋友。海涛把你写给她的诗给我读过，说实话你的那首诗写得太棒了。你的那首诗如果登在报纸上，一定会引起轰动。只是我不同意你那么多地写到额尔齐斯河，那条河是被哈萨克的真挚情歌和阿勒泰山的雪水养大的，它一直浩浩荡荡地流向北冰洋。你不应该写它，额尔齐斯河是坚强、忠诚和敬重诺言的。

他提起书包，站了起来。

“你怎么，伙计，好像不太顺利？”徐华北随便地问道。

这回华北没讲“不顺”，他想，可刚才你像个京油子，一嘴一个“不顺”。他把书包背上，然后端起桌上的杯子一饮而尽。“是研究生办公室有些麻烦，”他说着握住了门把手，“还是不给我准考证。”

徐华北笑了，赞许地拍拍他的肩膀。“放心温书吧，没问题。你是为这个来的么？”他们走到楼梯口，徐华北接着说：“我去找我姑父。问题不大，可以找他们头儿谈谈。”

他犹豫了一下，随即又抬起头来对徐华北说：

“不，用不着。”

傍晚，他走进家门，还没有放下自行车，邻居老大娘就唠叨着跑了过来。“可回来啦，你这宝贝儿子。快送你妈上医院吧,快进去看看你妈吧!”他的脸刷地变得惨白,自行车哐啷一声摔在地上。他冲进屋里,母亲正在床上痛苦地抽搐。他吓得浑身一抖,扑上去抓住母亲。

母亲艰难地睁开眼睛,看了看他,立刻又疼得侧过脸去。他看见母亲蓬乱的白发在昏暗的室内显得分外刺眼。

他冲出小院。公用电话旁边站着两个穿红裤子的姑娘,正对着电话吃吃地笑。他重重地把手按在电话上面,“对不起,”他喘着粗气,“我母亲病啦,让我先打一个叫车。”他哆嗦着翻开电话簿,寻找出租车站的号码。电话里不紧不慢地应了一声,他赶紧报了地址。“——没车!”电话砰地挂断了。他愤怒地把听筒一摔,冲出了公用电话间。“哎!交钱!交钱!”他听见后面在吆喊,但他咬着牙睬也不睬。他的头脑已经丧失了思考的能力。

他撞开家门,不禁又愣住了:母亲已经自己穿好了衣服,围着一块头巾倚墙坐着。

他靠近母亲,难过地嘟囔了一声:“妈。”

“自行车……孩子。”母亲半闭着眼睛,虚弱地喃喃着。

他推着车大步走着。母亲默默地坐在自行车后座上,抓着车座一声不响。你永远这样,妈,你永远都是默默地忍受一切,他想,也许昨天或者前天你就病了,但你不说出来,甚至夜里都不哼出声来。“一会儿就到医院啦,妈。”他俯身低声安慰母亲说。他觉得自己左臂正生出千钧之力，沉重的车把在这条臂膀下被扶得又稳又直。他用右臂扶着母亲,咬紧牙关顺着大街走着。车流在他身后疾速分开,他听见脑袋后面车铃声响成一片。只要有一个人撞我的车，他默默地想，只要有谁把我撞了，把妈妈撞了——他发着狠想着,迈着大步走着。他浑身的肌肉都已绷紧,心脏和神经都充分调整过。他知道只要有一个蛮小子撞了他的母亲,这肌肉和神经就会即刻反射,把那个家伙头朝下扭下来。他知道自己将不顾一切地大打出手。他觉得自己又变成了一个浪头,正在愤怒地扑向前方。不管他多么耻于让颜林的爸爸和柳先生知道自己还有如此野蛮的一面,他也在所不惜。十字路口亮着红灯,但他照直向前走去。额尔齐斯河在通过布尔津大桥时就是这样坚决地冲上去的。他感到心中充满悲愤。他瞥见岗楼里的警察一直目送着他从眼皮下面走过。

他先是在急诊室里，后来又在病房里守着母亲，整整守了四天四夜。

这四天里，他没有做日语习题也没有温习地理讲义，他一句话也不说，只是不出声地注视着母亲床头的输液瓶。除了伺候病人以外,他总是坐在床前的一只白漆方凳上,连夜晚也坐在那里,一动不动地坐到天明。右肩三角肌的疼痛仿佛已经生了根，在那块肌肉下面的一个凹陷里潜伏着。他知道怎样一动就能牵疼那里，也知道怎样可以避开那种牵动，用这条手臂去拿东西。

有一天早晨来了一个新换班的护士，不知为什么对着母亲大叫大嚷。他缓缓地站了起来，走近那位脾气不好的小姐。他和她对峙了几秒钟。那位小姐突然恐怖地尖叫起来，夺路逃离了病房。一会儿又来了一位年纪大些的护士，她一面手脚麻利地干着自己的事，一面奇怪地打量着他。

他成堆成堆地给母亲买来水果和罐头。打开，削好，递到母亲面前。

“不想吃。”母亲的声音还很微弱。

他还是端着那些食物，不作声地望着母亲。

“不。”母亲又说了一遍。

他把食物递得更近。

“你也吃。”母亲说。

“不，你吃，妈。”他说。

“你也吃。”母亲坚持着。

他拿起一个苹果，用两个拇指卡住，咔嚓一声掰成两半，大口嚼了起来。他避开了母亲的目光，也不再去看老人满头的白发。母亲也吃了起来，小声地啜着梨子罐头里的糖汁。他们都想起了久逝的往事。小时候——好像是他刚上小学三年级的时候，有一次患猩红热住院。那时母亲穿着一件洗得发白的列宁服，也举着水果和一个梨子罐头坐在他床前。“你也吃，妈。”他奶声奶气地坚持着。好像后来妈妈吃的时候落泪了，他回忆着，当然我现在不会落泪。他几口就咽下了半个苹果，又开始吃另外一半。十几年来他几乎淡忘了自己的母亲，回北京探家或者度假时，有时心情不好他还对母亲大发脾气。只是有一次，他回想着，有一次他在布尔津城的小邮局里看见一个哈萨克女人在接北京来的长途电话，听筒里传来的声音满屋子都能听见：“妈妈！妈妈！你怎么啦？妈妈，你说话呀！”可是哈萨克女人却呜咽着，一句话也说不出来。他目瞪口呆地看着那瘦削的女人，直至长途电话被切断。他永远忘不了那哈族女人剧烈颤抖着身子，紧紧握着话筒哭泣的样子。他在一旁看着，突然想起了自己的母亲。哦，那天我想起了自己的母亲，我难受得差点发疯。我冲出邮局大门，看见了横亘在面前的额尔齐斯河，那天我深深地体验到了我们知识青年心里的苦。他使劲地嚼着苹果，酸甜的汁液顺着喉咙淌入他胸中。

整整四天他没有看书。从清晨到黄昏，母子二人静静地在病室里迎送着时间。母亲的病很快地好了起来。

他开始考虑自己下一步的办法。他觉得心中一片茫然。去研究生办公室么？不，现在如果去那里，他会把事情弄得不可收拾。去图书馆么？他觉得兴味索然。明天弟弟就要来接替他看护母亲，家里将清冷得空无一人，他也不想回家。去找伙伴们么？颜林即使休息，那个胖儿子也一定正缠着他。二宝是砖厂的窑工，上一天班要流几斤汗，回家就呼呼大睡。他从徐华北又想到那个姑娘，他更不愿意去找他们。唉，黑龙江！他又想念起那条神秘的北方大河来，可是无论如何他也去不成那条河啦。我要找一条近一点的河流，他想，我现在只有去调查一条活泼的河流，才能恢复身上的力量。他打开母亲床头的台灯，掏出地图册翻阅起来，他一眼就看见了北京近郊有一条大河。

永定河，他望着地图上那条弯曲的蓝色线条，去永定河看看吧。母亲正在床上发出沉沉的鼾声，他稍稍收拾了一下自己的东西，然后疲惫不堪地伏在母亲的床头，闭上了眼睛。

第五天的清晨，弟弟和他的女朋友一块儿来替换哥哥。他提起自己的书包，吃力地从床前站了起来。他推开门走到外面，深深吸了一口室外的清新空气。夏季早晨的凉风正精神抖擞地摇晃着满树绿叶，他从存车处推出自行车来，走出了医院大门。

这时，他看见她正急急忙忙地迎面跑来。

通向首都西郊的大道上车流滚滚。他瞧见她的黑发在晨风中飘得高高的。他不愿和她多说什么，只顾用力地蹬着自行车。他在医院门口几次表示反对，但她说今天她没有事，还是跟着他一块儿来了。今天我又是同她一起奔向河边。他想到黄河，又想到湟水。这已经是第三条河啦，他想，这是很不容易的。可是他想到了徐华北，他的心绪又坏了。他又只顾蹬起车来。

车过五棵松以后，西去的车流稀疏起来，大道上行人很少。“研究生!喂，叫你哪!”她快活地说起话来。

“我的作品，要发表啦!”她大声说。

他点了点头，继续骑着车。

“那张静物，”她显然很兴奋，“记得吗？那个彩陶罐。”

他又点了点头。他看见她把身体绷得弯弯的，吃力地跟着他的速度，就略微骑慢了些。

“徐华北给我写了一篇评论，和作品一块儿发表。”她还是兴高采烈地说着，抬起手擦了擦汗。

“祝贺你，”他回答道，“发表在什么杂志上？”

“嘿，《摄影艺术》!全国最大的摄影杂志!”

“太好啦。”他说。不管怎样，他还是为这姑娘高兴。她总算闯过了一关，他想，这是很不容易的。

“喂，研究生。”她低声地唤他道，“你们这伙人真棒。”

他们进入了工厂区。两侧高耸的烟囱吐着团团浓云，路上拥挤着穿工作服的人群。他们不时按着车铃，闪开横冲直撞的卡车和悠然踱着的农民的马车。

“徐华北的评论写得真好，”她的声调里充满了感动，她甩了甩黑发，望着他说道，“那评论，我读了好几遍。”

“对，”他说，“华北的文章写得很漂亮。”他绕过一辆马车，不过，姑娘，你读过的那几页大概还不是华北的杰作。在阿勒泰，华北曾经写给海涛一首情诗。那首诗完全有资格在报纸上印上一整版。连我都被那首诗迷住啦，他想着不禁微笑起来。他努力想回忆那首诗里的句子，可是没有能想起来。平心而论，那确实是一首漂亮的好诗，他心悦诚服地想，可是海涛却气愤地把那诗撕得粉碎。也许海涛不能容忍那种完美背后的欺骗，海涛为另一个蒙在鼓里的女孩子气得满面通红。后来海涛把头埋在他的怀里哭了。他苦笑了一下，轻轻地摇了摇头。其实诗确实是好诗，他想，我不同意的只是华北大段地写到了额尔齐斯河。额尔齐斯河是我的。

这时，他们终于穿出了林立的烟囱和工厂区，前方出现了三家店的崇山峻岭和平原。

永定河，他盯着前方的一条粼光闪闪的水。这就是永定河呵，他想。他忽然觉得累了，整个一条右臂又酸又麻。

不管怎样，我总算是坚持着又来到一条北方的河畔，“喂，小心点!”他朝她喊了一声，用力握紧车把。自行车直直地顺着下坡路朝河谷飞去。他扭头急速地瞥了一眼，他看见飞舞的黑发下面，一双倔强的黑眼睛和他相遇了。

她不顾一切地松开车闸，冲向陡峭的下坡路。这个小伙子真勇猛呵，她想，他像一只下山的野兽，像一条飞溅的瀑布一样。他比徐华北更热情，更勇敢；但是徐华北却更懂得支持和扶助艰难中的女性，更机智和善于斗争。徐华北不像他这样不顾后果，而且徐华北也在不屈地向命运抗争。她想起徐华北告诉她的计划，要用一支笔砍开荆棘和障碍，离开那个食品厂秘书的办公桌。更重要的是，她忽然想起了一支名叫《山楂树》的歌，徐华北已经宣布爱我。她想着，望着前面的他。可是我更信任你呀，愣头青小伙子，她默默地说，我要听听你的意见再决定。她使劲蹬了几下，车子箭一样向下疾驰。她也看见了永定河，看见那条河正从西山山脉的群峰中朝着这里迢迢而来。她看见三家店高矗着的钢铁巨坝。她松开了领口的一个纽扣，望着下游的开人胸襟的广阔平原。她感到河谷里特有的、那种土腥味儿很浓的凉风正拂入她的胸怀。她使劲骑着车，很快追上了他。他们两人无言地并着肩，对准河谷飞快地驰去。

他们把自行车放倒在河滩上，朝河水走去。

喔，你就是永定河，他想。你就是把北京西北的巍峨山脉劈出了深峡长谷的永定河。你就是一旦来到了三家店，一旦摆脱了高山和岩石的阻拦就肆意恣情地在开阔的大平原上东摇西荡的永定河。你就是多少年来自由自在，迁徙无常，河道如麻的永定河。他失望地瞪大了眼睛，望着面前这条细浪汩汩的流水。简直是可怜巴巴，他来回地在河边踱着，唉，这条河简直是可怜巴巴。他不能理解地瞧着水上的鱼鳞细浪，永定河的一弯清波正在灰色的沙滩上拍响着单调的哗哗声。

她和他顺着荒漠的河岸走着，谈着话。她不时停下来，捉摸一会儿河谷的画面和色彩。他低着头，认真地读着她递来的那份徐华北的文稿。

他掀着纸张，很快地读着。这是一篇纯艺术的论文，徐华北在文章里分析了古朴的高原、新生的树林和破碎的彩陶罐，分析了构图、用光、色彩和调子。文章言简意赅地分析了这幅静物的象征意义，总结了动荡的历史和艰辛的生活，从悲剧的内容中肯定了作者对真善美的执着的爱。华北会这么写的，他合上了那叠稿纸，华北会这样把文章写得流畅又漂亮。他朝她问道："华北今天上班么？"今天是星期日，他觉得，华北应当设法和她在一起才合理。

"他为你的事，要去找一位什么头头，"她回答道，"华北说，只要准考证的事不再刁难你，问题就不大了。”

他踩着河滩地上的卵石和硬石，不动声色地压制着心头的怒火。他厌恶和徐华北之间发生的事，这些事愈解释愈庸俗不堪。就像他对徐华北本人的反感一样，那只是一种直觉，一种他解释不清，但又为他坚信不疑的直觉。他感到自己和这姑娘之间有着一种说不清的隔阂。他想着，心里突然强烈地怀念起那些气候酷热、环境荒莽的世界来。华北，你错了，他在心里说，我和这个姑娘并没有什么关系。你用不着干得那么面面俱到。如果她喜欢你——不，即使是当年吧，如果海涛喜欢你的那首长诗的话，我也决不会说什么。用不着和我来这种交换。在额尔齐斯，我们像赤裸在暴晒大地的阳光中一样，那时候我从来不去解释什么，不管是为别人还是为自己。他加快了步伐，不再去想华北的事，他开始集中精力，观察永定河的各种地貌特点。

徐华北昨天向我求爱了，她走着想道，徐华北说的那些话，简直……简直是些烫人的语言。可是不知为了什么，当时我突然想到了你，她悄悄地瞟了一眼旁边的他，你在我的眼中，曾经化成了一个奔向雄浑大河的男人，一个精灵般的河的儿子。华北……当然华北也很好。他那么理解奋斗中的女人，他在帮助我的时候机智、果断又富有才华。华北，他多像我在泥泞长旅中的温暖呀。她想着，又想到了那支《山楂树》，觉得心里充满了一种矛盾的、幸福感和奢侈感交织的心情。

“唉，你们都是好人哪。”她轻轻地说。

他听着圆圆的石块在脚下咯咯响着。他的情绪越来越坏了。永定河没有用惊人心魄的景观来振奋他，关于准考证的念头却纠缠着脑子，使他心烦意乱。面前那道小河缓缓淌着，耐心又有韧性。他凝视着那河水，深深地叹了一口气。你就是永定河么？你就是劈开了燕山和西山，多少年来任意迁徙、放浪不羁的那条河么？《地表水》和《历史自然地理》上说，你是条不知安宁、河床屡改的不驯的河。我在读着那些书时，总是禁不住在想象中描绘着你。我无法猜测年轻时代的你，无法猜测那时你究竟有多强悍。书本上说，就在五百多年前，你还曾经从这儿赶跑了两座城市，三百年以来你逼得下游五次改堤。他失神地望着河水，这条小河简直可以一跃而过，可以“提襟而涉”。他看着一汪清流正朝着下游涓涓而去，河上漂浮着的几张腐叶和他正并肩徐行。

他回忆起黄河的情景。那才是一条真正的河呢，他想，我在黄河边上见过整棵的大树在浊浪里翻滚。在那儿男子汉可以找到粗糙的抚慰；在那儿，那一望迷茫的巨川会引诱人的勇敢，会引诱人把心底最深的话向姑娘们诉说。但是我决不会再向你们诉说啦，姑娘们，他愤愤地想，那些字字沉重的话语在你们娇嫩的心里会变成另外一些玩意儿。他大踏步地踏着砾石块，咬着嘴唇走着，那位姑娘已经被他甩在背后了。永定河来到平原就屈服了。你呢，你也屈服了。你暴躁，你烦恼，你四天里谁都不理，你在大街上和医院里想寻衅打架。你连书也不看——你居然连书也不看了！他嘲笑着自己，仅仅因为拿不到准考证，因为没有钱去看黑龙江，仅仅因为徐华北在追求这个姑娘，你就丧失了意志。他轻蔑地望着那条小溪般的细流，“嘿，我以为你是一条好汉！”他大声地对永定河说道。

河水依然如旧地、无声地流着，微微地掀着涟漪。他弯下腰拾起一块石头，奋力朝河中心投去。石头在空中划了个弧线，在耀眼的水面上向着自己模糊的影子，咕咚一声沉了下去。哦，它咕咚一声地沉下去啦，他想，连水花也不冒一个。他有些吃惊，又弯腰去拾一块更大的石头。这时右肩像撕裂了似的疼了一下，他咧着嘴倒抽了一口凉气。这病已经留了根啦，他想，这条胳膊完啦。他勃然大怒地冲了几步，“你这背叛的家伙！”他骂着，不管不顾地使劲把那块大石头扔向河水。石头笨拙地翻了个跟头，啪地摔碎在河滩的砾石堆上。“你这胆小鬼，哼，我不怕你！”他嘟哝着，绝望地站在岸边，咻咻地喘着粗气。

“你怎么啦，研究生？”她跑上来了。

“没怎么——喂，咱们找个地方吃饭吧。”他说。

他们找到一个小副食店，买了两包饼干。他们又绕到一个菜园子里，买来一堆西红柿。他们找到一棵大树，在阴凉地里坐了下来。树荫外面的世界被正午的毒阳暴烤着，一片白花花的灼烫气流罩着河谷。

“喂，研究生，”她吃着饼干问他，“还写诗吗？”

他满嘴都塞满了饼干。他抬起头来，不解地望着她。

她用手绢把一个西红柿擦干净，递给了他。

“你不是已经写了一个开头么？那首诗。”她问。

他迟疑了一下，但他还是回答说：“那首诗，嗯，我已经写了两节。”

她高兴得嚷了起来：“写了两节!真快呀，我记得，那天还在写开头。”他也许能成功呢，她想。

“这几天，在医院，我又写了一点儿。反正，将就算是写完了两节。”他说。可是写得力不从心，写得心烦意乱。他想着，心里兴致不好。

她伸出手来，兴奋地望着他：“来，我看看!”

他没有回答。他想到了徐华北的评论文章，也想到了那首献给海涛的情诗。他觉得自己有些冷淡，没心思在这会儿和她再谈论自己的诗。他沉默了一阵，抬起头来说：

“不，现在不成，现在我那诗像个瘪三。等我改好以后，再请你读吧。”

他站了起来，咽下最后半个西红柿。“我要顺着河走一段路。你，”他打量着姑娘消瘦的脸，“要不，你就在这儿歇歇吧？”

她想挣扎着起来，可是觉得浑身瘫软无力。她望了望树荫外面白得晃眼的毒日头下的土地，“唉，”她叹了一口气，“那我就歇一会儿。这些日子天天忙到半夜才睡——我等着你，研究生，”她朝他疲倦地笑了笑，“快点回来。”

他顺着永定河的河漫滩大步走着。她看见他走进炫目的毒热的阳光里，又走进一片丛生的杨柳树林，然后消失了。

绕过一片树林子以后，他顺着河湾走进了一块新的地方。他看见河谷骤然开阔了。三家店下游的平原一望无际，高高的河堤远远伸向天尽头。被高堤嵌住的河床又宽又深，满盛着一川铁灰色的砾石。戈壁滩，他想，这河床简直就是一片阿勒泰南方的戈壁滩。一泓清流在这干涸的戈壁上扭曲着，强烈地反射着白亮的阳光。他眯起眼睛，用手搭着凉篷，眺望着那戈壁的彼岸。真宽哪，他暗暗吃惊了，简直宽得看不到边。他转身奔上岸上的河堤，继续朝那辽阔的河漫滩望。一片茫茫的铁青色充塞视野。真宽呀，他暗暗惊奇了。这河漫滩恐怕有几千米宽，不，恐怕有一万米宽哪。这条河在丰腴的平原上制造了一片戈壁，一片荒漠，一个几千米或者一万米宽的摇篮。它在农田和树林之间制造了无法改造的一片钢铁般的青灰色，而它自己却在悄无声息地流。

河堤上一字排开地趴着一排光屁股孩子，从头到脚晒得焦黑似炭。他发现那伙小家伙正在好奇地看着他。他拾起一块石头，使劲地把它投向河中心。石头飞快地落向水面，他听见了深沉的“咚”的一声。“它深着哪，”他说道，“它非常深。”他又拾起一块石头扔向河中心。那伙贴在河堤上的小黑泥鳅们全都蹦了起来，喊叫着围住了他，争先恐后地拾起石子朝河里扔起来。他混在这伙赤条条的小黑人当中，和他们一块儿叫嚷着，把一块又一块鹅卵石和方砾石投向河心。河面上不断地响起咕咚咕咚的声音。后来孩子们一齐怪叫着，打闹着扑向河水，永定河被这群快乐的小家伙扑腾得溅起高高的白色浪花。他站在河边，听着孩子们的欢声和河水的音响，脸上身上都被浪花水珠溅湿了。

永定河没有屈服，他想，这并不是一道屈辱的驯服的浅流。听那石头落水的声音，那声音里饱含着深沉的坚忍和力量。永定河没有屈服，它不像你，原来，你完全配不上这些北方的河。你就像你那些诗句一样干瘪和轻狂，你只会在顺利的时候充满自信，得意洋洋。他想到了自己几天来的一幕一幕，想到了准考证、医院、徐华北和那姑娘。“笨蛋，你完全是个废物!”他骂着自己。你应当变得深沉些，像这忍受着旱季干渴的河一样。你应当沉静，含蓄，宽容。你应当像这群晒得黑黑的河边孩子一样具有活泼的生命，在大自然中如鱼在水。你应当根须攀着高山老林，吮吸着山泉雨水；在号角吹响的时候，像这永定河一样，带着惊雷般的愤怒浪涛一泻而下，让冲决一切的洪流淹没这铁青的砾石戈壁，让整个峡谷和平原都回响起你的喊声。

他沿着河漫滩向回走。永定河在远处仍然缓缓长流。他望着空旷的河谷和那条细流，心里又感到一种奇异的神秘。他走回树林后面那棵大树下时，偏西的太阳正沉入一条薄薄的长云。

他在那棵大树下停住了：那姑娘正倚着树干，酣沉地熟睡着。他轻轻地坐了下来，望着她静静的睡姿。他摸出一支烟来，默默地坐在一旁，注视着她，心里一下子百感交集。

你实在太累了，十二岁的小姑娘。这样的人生对于你来说，实在是太难了点儿。他吸着烟，打量着她熟睡的样子，心激烈地跳了起来。他的眼前闪过了自结识这姑娘以来的一幕一幕；闪过了黄河、湟水和永定河的浪头。不管怎样，他想，这样的经历实在是太难得了。他知道眼前这酣睡着的女孩子是个真正的好姑娘。我真的还能遇到比她更好的人么？他默默地问着自己。他忽然感觉到一股苍凉的心境。他体味着这种遥遥而来的沉重心绪，又接上了一支烟。也许我应该伸出手把她牢牢地抓住。他思索着，也许我应该毫不迟疑地把华北打败。谁知道你的生活最终会不会是一个悲剧呢？他冷冷地问着自己。他久久地凝视着倚树沉睡的她，好像要在心里永远把她记住。不，这不是我渴望的爱情，他轻轻摇了摇头。我要鼓足勇气坚持下去，哪怕真的陷入悲剧我也决不屈服。何况，她现在刚刚登上一座山岗，她心里正充满着成功的喜悦。他想，让她自己去了解和认识一切吧，我应该离她远一点儿。她在奋斗中认识了华北，找到了自己的小船、帆篷和港口，而这一切和我之间最终是不一样的。别认为我不支持你的奋斗，他想，冈林信康唱过："我就是我，我不能变成你。"他深深地吸了一口烟，然后把烟雾吐向河谷。向前跑吧，别回头，我祝你成功，也祝你幸福。如果你有一天陷入了逆境，如果有一天华北真的又使出他在阿勒泰的那一套，我会伸出手来，尽力帮助你的，尽管我的这条手臂已经受了伤。而现在——他把烟头轻轻地踩熄在地上，而现在，我要同你告别啦。

他转过身去，注视着永定河远近的景观，记忆着与地理学有关的东西。等三家店西面的群山里拂来第一阵凉爽的晚风时，他叫醒了她。他们推起自行车，走上了那个陡陡的高坡，然后上了公路，向着东方的都市中心驰去。薄暮的永定河水被留在他们身后，在黄色的斜阳照耀下闪跳。

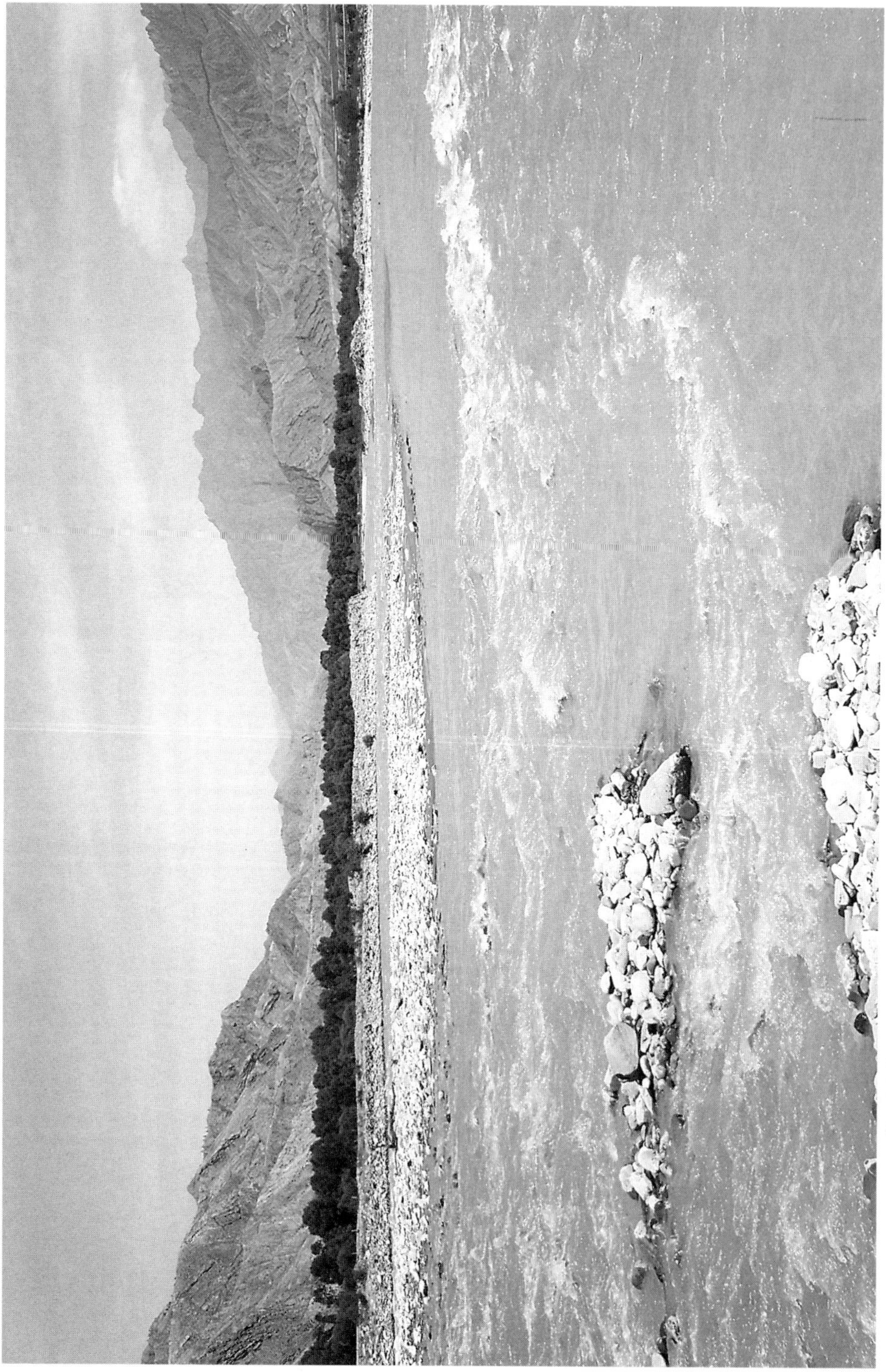

5

他一层一层地走上楼梯，拐弯，然后顺着宽宽的走廊向前走。他朝一个急匆匆的中年人问清了A委员会党委第一书记办公室的位置，接着照直走到那扇磨砂玻璃门前，毫不犹豫地一把推开了门。他看见在一张巨大的写字台前正伏着一个花白头发的老人，他闪电般的联想了一下柳先生和母亲。那老人惊讶地戴上眼镜，望着他。

“您是党委书记吗？”他问。

“对。我姓曹。”

他听出了这位书记语调中的不快。他掏出了毕业证书、从研究生办取回的申请书、秦老师寄来的介绍信、一份自填的人文地理研究生报名表，还有一份标明时间的备忘录，谨慎地一一摆在写字台上。最后，他退后一步，简洁而清晰地把自己的全部情况叙述了一遍。

“现在距离考试一共只有十天，而且十天里包括今天。我和我的母校已经尽了我们能尽的一切力量，”他平静地望着曹书记，沉着而不容置疑地说，“但是没有用处。我只有直接找您谈。请您通知研究生办，让他们马上发给我准考证。”

姓曹的书记放下了眼镜，慢慢地斟酌着字句。“小伙子，你不觉得，嗯，”书记先微笑了一下，“这儿是党委书记的办公室啊——门也不敲就闯进来？”

他眼睛一眨不眨地迎视着曹书记的目光：“不，我不觉得。这是人民交给您的工作。而且，”他继续冷冷地说，“我从您这座楼的传达室敲起，已经整整敲了一个多月门了。您可以化个装，然后到您的传达室去试试找您自己。”他建议说。

曹书记被他逗笑了。“哈，你认为你的考试这么重要么？来，坐下。小伙子。”书记点燃一根烟，打量着这个年轻人。“那么，你认为我的其他工作，喏，”他推了推案上高高的卷宗文件，“我们老头子天天忙的，就都不算你说的，人民交给的工作吗？”

“您可以再忙一点。”他斩钉截铁地回答道，“难道您不是共产党员吗？”他看见这书记被他的话吓了一跳。

两人默默地坐着，陷入了难堪的寂静。最后，书记把那支烟按熄在烟灰缸里，抬起头来：

“好吧，我马上研究你的材料，好么？只要你符合报名条件，我就通知他们发给你准考证。”

“现在我想请您原谅我，曹书记。”他依然一动不动地坐着，“我刚才的每一句话都没有礼貌，”他诚恳地盯着书记说，“因为，我实在走投无路了。您知道，只剩下十天了。”

书记和蔼地站了起来，“不，你的话，每一句都很正确。”他一直被这年迈的书记送出玻璃门，又送到楼梯口。“不过，小伙子，”书记在告别时蛮有兴趣地问道，“万一我们认为不能给你准考证呢？我是说，在慎重研究之后？”

“那我就去闯考场。”他阴沉地说。

“噢。那么，如果你万一考不取呢？你不觉得今天这些话，太过分一点了么？”书记笑着问。

“不可能。我一定要考上。”他像受伤的野兽一样，喉咙里咕噜噜地响。

“真自信呀。”书记笑着摇了摇头，然后话锋一转，严肃地问他说，“你真的这样热爱这个专业吗？”

“再见——”他嘶哑地说了一声，头也不回地奔下楼梯。

他撞开大门，飞身跨上自行车，一下子冲进了川流不息的人流。他的心还在怦怦地狂跳着，他竭力使自己不去回想刚才同那位第一书记的谈话。再谈下去你会控制不住的，你或者会丢人地流出眼泪，或者会疯狂地破坏一切成果，把事情弄得不堪收拾。他责备地埋怨着自己，把车子骑得飞快。你完全没有那种大河风度，你只是被那些河惯坏的一个野孩子。你在年轻时代就被惯坏啦，被那条自由的、北国的额尔齐斯。

他使劲蹬着车，风吹着发烫的脸颊。他想，我怎么能不被惯坏呢，在额尔齐斯河流域，路程起码是上百公里，山岭最少是海拔三千多米。我们曾经徒步走进阿勒泰山，异想天开地想把红卫兵的旗子插到阿勒泰的冰峰上去。我们在山里迷了路，一天同时挨了暴雨和暴雪的鞭打。后来我们遇上了一群赶马的牧人，又兴高采烈地跟着他们去浪游新疆。那时的我还不满二十岁，我是抱着一匹马的脖颈渡过额尔齐斯河的。河水冷得刺骨，汛期的雪水在河里掀着大浪。我只记得满河都响着马群的嘶声和哈萨克人粗犷的喊叫，马蹄溅起的水珠在天空飘成一片蒙蒙的雾。上岸时我已经冻僵了，那些牧人把整瓶的烈酒灌进我的肚子里。我说不出话来，我看见他们也把整瓶的酒喝得干干净净。我一句话也没说就醉了，我觉得他们那粗放的大笑在震撼着我的每一个细胞。我嘿嘿地笑着，后来在篝火旁睡熟了。第二天清晨我爬了起来，我一开口就发现自己的嗓音已经粗哑，带着他们那样的声调。我走了第一步就发现自己也开始像他们那样威风地摇晃。我就这样变野啦，亲爱的、操劳的老书记！等我考完了试，我要买一瓶麦乳精去看您，再次向您道歉。我是因为走投无路才那么毫无礼貌，出言不逊。阿勒泰的牧人是讲究礼节的，我要在考试以后，华北不会再认为我是“烧香”以后去看您，请您喝点麦乳精，休息休息脑筋和补养一下身体。我还要请她——他突然想起一件事来，我答应过请她吃一顿西餐，为着她承受过的痛苦。应当由大家承受的不该只落在一些小姑娘身上，华北也最好能同意这一点。

他当晚把李希霍芬《中国》导言的译稿又读了一遍，然后整整齐齐地钉好，放在桌角。他又收起了那本边角翻烂的《简明基础日语》，这里面的习题他已经做了不知多少遍。他又整理了那一大叠《地理学报》《地理学资料》《国外人文地理研究动态》，准备全部还给颜林的父亲。最后，他搬过卡片盒来，随手翻阅着那些卡片。他感到一股满足和有把握的心情。他想，这些卡片就是那些讲义和书籍里的干货。无论是政治课的内容，还是自然地理、人类学和原始社会考古学的内容，有用的都已尽收其中。剩下的几天时间我只对付你们，伙计们，他抚摸着卡片想。我可以把你们放在口袋里，随时随地掏出来阅读。

他整理了卡片，然后取出一张纸，在纸上画了九个格。每格代表一天，还有九天，他想。九天以后是个星期一，那天早晨，我要带上两支钢笔，灌足墨水，然后去考场。不管准考证的事儿怎么了结，那天早晨我都要走向考场。

他挪挪椅子，坐得端正些，然后开始了工作。

一天过去了，他在那张表上划掉了第一个格。

又一天过去了，还有七天，他计算着，把写满了工作内容的第二个格轻轻地勾掉。这是一个星期日的晚上，弟弟和那位年轻女工把母亲接走去看戏，家里只有他一个人。

他擦干净桌子，扔掉一个空烟盒和一些碎纸。他从抽屉里取出自己的诗稿，然后慢慢地拔下钢笔帽。

他感到自己的心情异样宁静，但又觉得那宁静之中正在渐渐地涌起着、凸起着什么。心跳开始一下比一下沉重，他听着自己的心跳，听着那涌起着和凸起着的东西带来的一丝微弱而尖锐的音响。刹那间那一丝音响轰鸣起来，他感到自己被突如其来的汹涌波涛一下淹没了。他激动地把笔按向纸张，纸嗤地撕破了。

他已经写完了第三节。第三节是在从永定河回来那天夜里一气呵成的。他不知道自己要写多少节，也不知道自己究竟要写些什么，他只是重重地把笔尖刺向稿纸，让笔尖发出的嚓嚓的声音紧紧跟上胸膛里那颗心的搏动。他来不及字斟句酌，但他惊喜地发现已经有些亮闪闪的字眼排着队，不可思议地从笔下涌出，留在他的稿纸上。但他此刻无暇回顾，因为那浪涛在凶猛地冲撞着他，急躁地朝着他的喉咙、他的大脑，以及他握笔的手一下一下地冲击。黄河，额尔齐斯，湟水，无定河和永定河；阿勒泰的巍巍大山，黄土高原的沟壑墚峁，新栽的青杨树林，以及羊群和马群，飘浮的野花，彩陶的溪流，铁青的河漫滩——都挟带着热烈的呼啸一拥而至。那些大河两岸的为他熟识了又与他长别了的人们的面影正在波浪中浮沉隐现，亲切地注视着他的眼睛。他写着，手微微地颤抖了。他发觉自己正大胆地企图描绘一个粗犷的大自然，一个广阔的世界。这是北方啊，他吃惊地想，他有些害怕。涂满墨迹的纸一页页地翻过去，他鼓足勇气写了下去。他看见，在他的笔下渐渐地站起来了一个人，一个在北方阿勒泰的草地上自由成长的少年，一个在沉重劳动中健壮起来、坚强起来的青年，一个在爱情和友谊、背叛与忠贞、锤炼与思索中站了起来的战士。他急速地写着，一手按住震颤着的薄薄纸页。理想、失败、追求、幻灭、热情、劳累、感动、鄙夷、快乐、痛苦，都伴和着那些北方大河的滔滔水响，清脆的浮冰的击撞，肉体的创痛和感情的磨砺，一齐奔流起来，化成一支持久的旋律，一首年轻热情的歌。他写着，觉得心里充满了神奇的感受。我感激你，他想，我永远感激你，北方的河，你滋润了我的生命。

他一口气写了很多。他已经在留心寻找适当的机会结尾。他明白这宣泄而下的倾诉应当有个深刻的结束；这结束应当表现出巨大的控制力和象征能力，它将使全部诗行突然间受到一束奇异的强光照射，魔幻般地显现它们深蕴的一层更厚重含蓄的内容。这个结尾应当像那些北方大河一样，粗悍清新，动人心魄，但又不留痕迹，不动声色。

他猛地把笔摔掉，跳了起来。他抓起那叠稿纸读着，用两只手把它们翻得哗啦乱响。

他读完了。不行啊，他把诗稿放回桌子上，我不仅没能写出那个结尾，而且我也没能写出那种吸引着我的、伟大的东西。那是一个神秘的幽灵，北方全部的魅力都因它而生。他沉重地坐在椅子上，沉吟着点燃了一根烟。这不是因为我不懂得艺术，也不是因为我不会写诗。他推开窗子，让清凉的夜风吹进小屋。你还没有找到那神秘的幽灵，他对自己说，你还并没有真正理解北方的河。你走的地方还少，你见到的世面更少，你还没来得及在塔里木，在居延，在许许多多的北方河流旁边生活过。特别是你还没有见过黑龙江。他有些伤心地想，无论如何，我现在去不成黑龙江啦。我没有钱，也没有时间，无法去瞻仰和调查那条完全由一条黑色巨龙变成的大河。

他终于把钢笔慢慢地插入笔帽，藏起了自己的诗稿。他看看闹钟，时针正指着凌晨三点。最后的一个星期开始了，一共还有七天时间。他抱着双臂坐了一会儿，倾听着闹钟走动的嘀嗒声。他决定，这首诗就写到这儿为止，等他将来到达黑龙江以后，再写出结尾并把全诗修改出来。他站起来，揉了一会儿麻木的右臂，然后关上窗子，上床睡觉。

她在床上躺着，昏昏欲睡。她累得全身像是散了架，连起床给自己煮一碗挂面的力气也没有。当她听见有人敲门以后，好久才打起精神应了一声。

她吃了一惊。她睁大眼睛望着门口站着的他。这是他第一次来找我呢，她想。华北可是已经常来常往了，而他，自从一块儿去了永定河以后，我还是第一次看见他。

“研究生，事情怎么样？”她还是开着玩笑问道。

他猛地一把从书包里抓出一张纸，“你看!”他的声音激动得发抖，“你看，准考证!”

她感慨地看着那张小小的白纸片。

原来就是这么一张纸片。可是这种小纸片上凝聚着我们这一代人怎样艰辛的经历呐。她想起昨天华北也拿来了一张白色的纸片。那是一份调令。华北终于以他的文章，以他的顽强努力和出众才华离开了那家小食品工厂。华北也曾激动得声音发抖："我的新生命开始了！我复活了！"她也曾像此刻一样，感慨地、默默地看着那张公文纸。

"真好啊。"她喃喃地说。

她给他冲了一杯桔子水，看他大口地喝着。真好啊，她想，他们都在奋力地挣扎，都在坚强地和命运搏斗。他们都终于找到了自己向往的一个位置，找到了一个为人们和社会承认的位置。真是些坚强的男子汉哪，她羡慕地想。

他大口地喝着桔子水，敞开的衬衫领口冒着热气。"再喝一杯吧，"她端起冷水瓶和桔子水瓶。他憨厚地笑了，于是又把第二杯一饮而尽。她马上又斟上了第三杯。

他抹了抹嘴角，"喂，你瞧，"他说着把两臂向侧后伸直，踩着碎步，歪着脑袋，像只鸟儿一样在屋子里转了起来。"呜……"他憋足劲儿哼着，"喂，你看，像不像飞机？"

她笑着，奇怪地凝视着他。"不像。像只大蜻蜓！"真可笑，不害羞，她想，高兴成这样子。拿到了准考证，他简直乐得像个小孩子。"像个大傻瓜！"她高声笑道。

"不对，"他一面呜呜转着圈一面说，"这是轰炸机。瞧着吧，"他停止了飞行，端起那杯桔子水，"还有五天了，还有一共五天，我就要去轰炸那些考卷。”他兴奋不已地瞧了瞧桔子水，然后仰起头大口喝起来。

她把华北的事情讲给了他。“你们都成功啦，”她说。他一定会考得很出色，华北也可以搞他喜欢的艺术了。她欣慰地想，他们都是强者，都是些坚强的人。“你们真像岩石。”她突然说道。

“什么？我们——岩石？”他奇怪地问。

“嗯，”她微笑着点了点头。是岩石，她想，是我们理想中的依靠。

“走吧!摄影家!”他把杯子放在桌子上，毅然地做了个邀请的姿势。“走吧，去莫斯科餐厅。忘了吗？我早就说过，要请你去吃一顿。”

她出神地望着他，好久才站了起来。

他们走出房间。在大门口迈进了暴晒的阳光里。他看见这姑娘晕眩了一下，用手扶住了一棵树。她太累了，她简直是形容憔悴，他想道，心里漾起一道包含复杂的潮水。但是她不露声色地谈起了别的事。于是，他们一块儿走离了那棵树。

在餐桌旁，他问道：“你怎么样？好久没见啦。”

“我么，我很好，”她说，“那张作品，已经发表了。”哦，已经——发表了。她想起上午自己躲在报刊零售亭旁看到的情景。道路上依然人声鼎沸，广播里依然报道着重要新闻，她盯住两个买了《摄影艺术》的年轻姑娘走了一段路，但她发现她们买这份杂志的目的在于封面女郎的那件蝉翼衫。发表了，而且还有华北的那篇评论，也许在秋天全国影展的大厅里会占上一个小小的角落。可是，她怅然地想，这就是一切么？

邻座的一位小伙子正在独自大吃，桌上放着一台录音机。一个嗓音低沉的男人正在唱着什么歌。

“你听，这是冈林信康，我最喜欢的歌手。”他小声地告诉她。“唱得真棒啊。”他聚精会神地听着。

他现在充满了信心，大考临头还镇静自若。她想，他那么相信自己的力量。是的，男人比我们多的只是力量，这是我们和他们最大的差别。她伤感地想，我咬着牙关，拼着全力，才终于得到了这么一丁点儿。可是我得到了也累垮了，我像被抽空了一样精疲力竭，心境苍凉。哦，这样的成功也够狠的，她想着，顺手叉了一点菜放在口中嚼着。人生那么多代价，那么多滋味儿，就被这种成功轻轻地一笔勾销啦。

他突然推了她一下：“注意听——这首歌我听过。我给你翻译。”她放下叉子，邻座的录音机里正传来吉他的伴奏。

你的疼痛的深切
我当然不能理解
为什么我们离得远了
其实一直是近在眼前

她一下子转过头来，黑黑的头发随着甩到一侧。她直视着他说：“我要告诉你一件事——华北已经向我求婚了。”她喝了一口掺汽水的啤酒，“当然，华北是和你一样的人，但是我还是一直想征求你的意见。”她说完后稍稍朝椅子上靠了靠。我明白啦，她想，成功并不能真正给人的生活带来改变，包括不能改变人心的孤寂。我是女人，她慢慢地啜着冰啤酒，我需要有块岩石靠靠，我要歇一会儿，我实在累啦。

他久久没有回答。那边的录音机里正奏着长长的间奏。当她看见他抬起眼睛的时候，心里不禁一动。但他伸出一个手指：“听——”接着又继续译下去：

是呵，我就是我
我不能变成你
就连你在那儿独自苦斗
我也只能默默地注视

她静静地听着那个歌声，一动不动地坐着。她的脑海里浮现出她的另一幅作品，那是一个扑向晚霞烧红的黄河的男人。她明白自己终于要和那幅画面中的主人公告别了，她意识到自己在这一刹流逝的时间中已经完成了抉择。她双手抚着冰凉的玻璃杯，小口小口地喝着，记忆着这种复杂而亲切的滋味儿。

“你也吃呀。”她帮助他把菜拨到小盘子里，然后望着他狼吞虎咽地吃着。她隐隐感到，自己也不会再有机会和这个莽撞热情的小伙子去到处看望那些大河了。多保重吧，她心里暗暗地对他祝福道。他用刀叉把盘子里的菜切成块，吃得额上微微沁出了汗珠。他偶尔抬起头来，正看见她那双黑眼睛里的痴痴的神情。他的手突然有些发抖了。哦，他想，我就这样和她分开啦。

这时，长长的吉他伴奏弹完了，那支歌又继续唱了起来：

我们两人都经受着考验
而你究竟是我的谁
如果一切将从此崩溃
那么我又曾是你的谁

他们吃着，喝着啤酒，谈论着这支歌的曲调，谈论着彼此的工作。他问她下一步打算干些什么？她回答恐怕还是要为争取发表作品而努力；她也问到关于考试的一些事情，他仔细地对她讲了自己的打算和计划。

她笑着说道："研究生，等你考上并且念完了研究生，得到了学位，而且——也许将来当上了讲师、副教授或者教授以后，你准备做些什么？"

"哦，我没有想到那么远，"他沉吟着回答，"不过，我在想，恐怕我会再次改行。"

"改行？"她大大地震惊了，"改行？干什么？"

"我想写诗。"他低声回答道。

她放下了刀叉和杯子，久久地凝视着他。她一句也没有多问，她完全明白他的意思。许久，她沙哑地说道："你们真像岩石。"

他笑了，举起杯来对她说："来，干一杯。让我祝你幸福吧。"祝你幸福，十二岁的小姑娘!他心里补充道。她忙举起杯子："也让我祝你一句——祝你平安些，顺利些吧!"

他们喝掉杯里的酒，然后一块儿坐着听着那支歌子的叠唱：

是呵，我就是我

我不能变成你

就连你在那儿独自苦斗

我也只能默默地注视

那歌手的嗓音真实、深沉。他们倾听着那歌声彼此都觉得受了深深的感动。

这一天从清晨就风和日丽。他撕掉一张红色的星期天日历，又顺手把作息计划表上最后的一格划掉。他吩咐弟弟在家准备这顿星期天的午饭，自己则和母亲一块儿走出了家门。

他没有踢足球。恐怕去找二宝也没有用，这个星期天二宝不会老实待在家里的。他扶着母亲的手臂，散着步走进了公园。今天是最后一天，他想，过了这个白天，再睡完这个夜晚，那个庄严的时刻就要到啦。卡片都已经收拾整齐，装回了盒子里。今晚应该早早睡觉，明天早晨要记住把钢笔灌足墨水。这个白天要好好休息，让头脑里的知识平静下来，按秩序排好队，准备好一个个上场应战。

他和母亲慢慢踱着，小声谈着家常话。有时他跳起来，揪下高高梢头上的绿叶；或是举起腿，把小石子踢到湖水里。他暗自体察着自己手臂和腿上的触觉。我还年轻呐，他很高兴。还能跳那么高，眼明手疾地抓住叶子，膝关节也依然富有弹性。

他和母亲在一个石桌旁坐了下来。母亲用麦管安静地啜着酸牛奶，他从衣袋里掏出一封出门时收到的信。

信很简单，是份请柬。“定于二十八日下午五时举行订婚纪念酒会。”他看到徐华北和她的名字用漂亮的美术体并排签在一起。

他把那张信笺放在石桌上，然后开始喝酸奶。这样很好，他想，岩石和岩石分开了。十二岁的小女孩找到了她的岩石，华北找到了他的胜利，你找到了你的北方的河。我们都找到了自己追求的东西。二十八日是后天，下午五点我已经考完了第四门课。我会去看你们，参加你们喜庆的纪念。我会帮助你们接待宾客，会管住二宝不要吵闹，会替换颜林抱那个胖儿子。我会悄悄地把伙伴们召集起来，商量好给你们送一份新颖别致的礼品。从你们那儿回来以后，我还要早些睡觉，大后天上午还要考最后一门课。第三天五门课全考完以后，我就开始钻研黑龙江问题。今年秋天和冬天我努力学习基础课，同时也读几本诗。我要读读惠特曼的《草叶集》，等着明年春天的实习。明年四月，我就前往黑龙江。我要在那冰封的河岸上等着四月十七日。《地表水》上说,黑龙江平均的解冻期是每年四月十七日。我会看到莽莽的冰河咔咔开冻。我会看到下游十公里宽的辽阔江面上冰排壅塞的雄壮景观。我会看到一条黑龙的苏醒和飞腾。那时,我将站在开冻的江上大声对你说:祝你找到了真正的岩石,祝你找到了幸福的安慰,十二岁的小姑娘!

“喏,走么,孩子?”他听见妈妈在唤他。

他站起来,看见妈妈的眼睛在纷乱的银发下望着他。他笑了。他和妈妈一块儿朝着公园的深处走去。他听见母亲的轻微足音和自己沉重的脚步,心里充满了新奇的庄重。

“喏,同学的信么,刚才?”母亲随口问道。

“是华北,还有那个姑娘——他们要结婚了。”他说。

母亲默默地点了点头,不再问了。

他不禁又笑了,他望着身旁走着的矮小的母亲,懂得了她无言之中的话语。“走吧,妈。”他用大手握紧母亲的臂。“我也快啦,妈。”他调皮地逗母亲说,“您别着急。”

“真的么?”母亲苦笑着,挣出手来,替他摘掉衣服上的一片草叶。

当然是真的,妈妈。别太为那个眼睛黑黑的年轻姑娘遗憾,她毕竟还不了解你的儿子,更不了解你。他望着林荫道两侧高大的乔木,一线明亮的天正在密密的浓叶中闪烁。我当然会结婚,会找到一个我中意的姑娘。就像无定河边上的那个红脸膛的陕北小伙找到他的蓝花花，就像额尔齐斯草原的哈萨克巴郎子找到他们的阿米娜或是帕丽黛，就像保尔找到他的达雅，就像一个河上的年轻船工找到他的健壮红润的渔家女儿一样，我当然会找到一个梳小辫的家伙，她会让你乐得合不上嘴的，妈妈。她会心甘情愿地跟着我从一条大河跑向另一条大河。她有本事从人群中一把抓出我来，火辣辣地盯住我不放。她一眼就能看清两块石头之间的不一样。她会在我们男子汉觉得无法忍受的艰难时刻表现得心平气和，而我则会靠着她这强大的韧性，喘口气再冲上去。她身上应当有一种永远使我激动和震惊的东西，那就是你的品质，妈妈。

他遐想着，看着母亲和自己的两个并排的身影在地上长长地伸着。公园深处悄无声响。他仔细地听着母亲轻微的喘息声，听着大地上传来的低低的回响。

母亲挨着他，一言不发地，一步接一步地迈着步子。似乎不是他陪着母亲出来散步，而是母亲正全力以赴地送自己的儿子踏上征途。他看了一眼母亲那副全神贯注的样子，不禁又轻轻捉住了她细瘦的手臂。

上午的太阳透过层层树冠，把一道道一束束强烈的光芒迎面投来。再见啦，他在心里朝那姑娘道了别，让我们趁着这阳光明媚的时候，各自奔向自己的目标吧。他回忆着自从结识了那姑娘以来的一件件往事，审视着自己的所有的行为。他隐约觉察到自己好像有过不少错误、偏激和分寸失当的地方，但他又感到这一切都根本无法避免。他想，你还肤浅，你还太嫩，你还缺少像那些河流一样的、饱经沧桑的生活。但他又想，让那些伟大的哲人去描述北方河流最深刻的一面吧，我可以写这些河的青春。肉体可以衰老，心灵可以缺残，而青春——连青春的错误都是充满魅力的。我就是我，我的北方的河应当是幻想的河，热情的河，青春的河。

他扶着母亲，缓缓地顺着石板路走着。林荫道两侧高矗的巨大杨树在高空哗哗地摇着叶片。他抬起头来看了看太阳。多么宁静的一天呵，他想，这最后的一天就要过去了。明天，明天我将走进一个新世界。

阳光依然在浓密的树叶上面明亮地闪烁。

母子两人顺着静谧的小路，向林阴深处走去。

他沉沉地、香甜地睡熟了。开始他还听见桌上闹钟在嘀嗒地响，后来那嘀嗒声溶进了一片潮水般的风声中。他费劲地听着那潮声，他似乎从那声响中辨认出一种动静。他翻了个身，被子掀在了一边。他琢磨着那一丝缥缈的消息。他闻到了一股被腐殖质染成青黑色的河水的气味儿。

黑龙江，他在梦中喃喃着，这是黑龙江的水腥味儿。那条河在呼唤着我呢。

他终于大声喊起来：“黑龙江——”母亲披着衣服，轻手轻脚地走进屋来，替他掖紧了薄棉被。他翻了一个身，紧紧地抓住了被角。那轰轰作响的波涛声已经淹没了他，此刻他正伏在一张狗拉爬犁上驰过茫茫的雪原。他目不暇接地看着密密的针叶林和阔叶林，以及斑驳闪幻的茫茫林海正从爬犁两侧滑过。他看见前方出现了一条明铮铮、亮晶晶的光洁冰面。黑龙江，我来看你啦，他朝那道冰河招呼说。是我来啦，我在黄河找到了自己的父亲，我在湟水找到了自己的血脉，现在我看你来啦。

他看见白皑皑的雪原吞没了起伏的沙洲和纵横的河汊。在雪盖的冻土地和沼泽上，稀疏的灌木丛刺破积雪，星罗棋布地、黑斑斑地布满荒原。一个戴着狐皮帽子的魁梧大汉用长鞭子打着精神抖擞的狗，雪橇轻灵地滑上了冰冻的江面。

开冻吧，黑龙江！他喊道，从去年十一月就封河静止，你已经沉睡了半年时光，你在这北方神秘的冬季早已蓄足了力量，你该醒来啦。裂开你身上白色的坚甲，炸开你首尾的万里长冰，使出你全部的魔力，把我送到下游，把我带到你的入海口吧！我在额尔齐斯就爱上了你的性格，我在永定河已经懂得了坚忍沉着。我东出山海关,穿越了整个松嫩平原和三江低地,我翻越了兴安岭,跋涉了万里雪原,我怀着对你的爱情,我点燃了自己的生命,我高举着自己年轻的诗篇来找你,请你为我开冻吧!

他举起自己的诗稿,在粗粝的风啸声中朗读起来。他读着,激动地挥着手臂。狂风卷起雪雾,把他的诗句远远抛向河心。他读着,觉得自己幼稚的诗句正在胸膛里升华,在朗诵中完美,像一支支烈焰熊熊的火箭镞,猛烈地朝着那冰河射去。

一声低沉而喑哑的、撼人心弦的巨响慢慢地轰鸣起来。整个雪原、整个北方大地都呻吟着震颤着。迷蒙的冰河开冻了。坚硬的冰甲正咔咔作响地裂开,青黑的河水翻跳起来,拥推开巨船般的冰岛。在同一个瞬间,雪原上长长地拂来了一股暖流。积雪融化了,汩汩的细流渗透着,在凹地和低处汇成了清亮的雪水溪,朝着大河快乐地奔跑。河中间已经出现了一条发亮的微黑的水道,正在庄严的音乐中朝着下游平稳地起程。而整个一条河流的上下却仍在连声炸响着,冰排、冰洲、冰块、冰岛在漩流中愤怒又惬意地粗野碰撞。他目瞪口呆地站着,手里紧握着那沓诗稿。这河苏醒啦,黑龙正在舒展筋骨。他默默望着眼前这又可怖又迷人的大河,黑龙江解冻了,黑龙就要开始飞腾啦。

那赶雪橇的魁梧大汉卸下了狗群，领着他走到了河边。河岸上站着一个束鹿皮坎肩的、系红头巾的小女孩。他们对他笑着，领着他登上了一只桦皮舟。

轻盈的桦皮舟像一条大鱼，在滚滚的黑色波涛和冰排中间飞一般地前进。他站在桦皮舟尖吻般的船头上，眺望着上下无际的满江流冰。他久久说不出一句话来。他甚至屏住了呼吸。他被彻底地慑服了，震惊了，吞没了。

他香甜地熟睡着。他不再说梦话。他的声音已经和这轰鸣的巨川的吼声融在一起，他觉得自己的身体也和这桦皮舟一块儿化成了一个大浪。我就要成熟了，他听见自己在用浪涛的语言说着，我就要成人了。我很快就要窥见那北方的秘密。他感到自己正随着一泻而下的滚滚洪流向前挺进，他心里充满了神圣的豪情。我感谢你，北方的河，他说道，他用你粗放的水土把我哺养成人，你在不觉之间把勇敢和深沉、粗野和温柔、传统和文明同时注入了我的血液。你用你刚强的浪头剥着我昔日的躯壳，在你的世界里我一定将会变成一个真正的男子汉和战士。你让额尔齐斯为我开道，你让黄河托浮着我，你让黑龙江把我送向那辽阔的入海口，送向我人生的新的旅程。我感激你，北方的河。

他在梦中紧紧地攥住拳头，脸上现出幸福的笑容。他知道自己已经启程了，他感到力量正在每一块肌肉和每一根骨骼中蓄积。他惊喜地发现自己正在继续获得着青春。他听到一些新鲜的诗句正踏着浪涛的节奏远远传来，他已经朦胧地读到了一首真正的诗。他明白，在黑龙江和北方的条条大江长河上，那首诗就要诞生了。他也仿佛看见了一个活生生的姑娘：那是一个任何艰难困苦都不能把她打垮的、热情似火的姑娘。那姑娘正轻蔑地踩着河岸上丛生的荆棘，笔直地正对着他大步走来。他甜美地睡着，静静地等待着她走近。他的脸上露出了一个慰藉的微笑。

最后的这个夜晚正在悄悄地消逝着。他用炽热的爱情和不安宁的生命等待的一天正在降临。

窗口渐渐变得亮了起来，东方现出了晨曦。

“骑手”为什么歌唱“母亲”(代后记)

——关于“张承志难题”的一封通信

李晨:你好!

你研究张承志的博士论文经过修改，很快就要出版了,真是可喜可贺! 翻看出版社寄来的大样,感触良多,随手记下了一些零散的想法,希望和你分享。

不知你注意到没有? 2016 年第 2 期的《上海文学》上发表了香港作家彦火对茹志鹃的访谈和通信,这次访谈是 1983 年在美国爱荷华做的。当时茹志鹃、王安忆母女应邀参加“爱荷华写作计划”,同一届的华人作家中,还有台湾的陈映真和七等生、香港的彦火等。由于王安忆后来发表了《乌托邦诗篇》这样有影响的作品,大家都比较关注陈映真与茹志鹃、王安忆的相遇,文倩最近写的那篇《茹志鹃、陈映真与王安忆的渊源与文学影响考察》(《文艺争鸣》2015 年 12 期)对此有相当深入的研究。但从《上海文学》

发表的访谈和通信来看，茹志鹃也与同时访问爱荷华的其他作家如彦火有着比较密切的交往与联系。这次访谈中，让我感兴趣的是，彦火问茹志鹃为何当代中国文学“好像还没有出现过像‘五四’时期那么重要的作家”？茹志鹃回答说从青年作家中极有可能产生“重要作家”，“例如像张承志这样的作家，已经开始露出锋芒，将来的发展不可预料。他是个学者，搞地质的。”茹志鹃为什么在1980年代初期就这么推崇张承志呢？蔡翔老师曾经回忆，“李子云老师是有一种‘少共情结’的，那不仅是一种有关青春的记忆，而是涉及信仰、操守和正直的品格，是对理想的追求和对社会的关注。所以，她特别喜欢和推崇张承志的作品，而张承志对李子云老师也是非常的尊敬，总是称呼她为‘子云大姐’。张承志每到上海，他们总会一聚，我不太清楚他们会说些什么，但我想，那可能也是一种两代人之间对‘少共’精神的理解。”（《到死未消兰气息》，《书城》2009年8期）而张承志自己也说过：“上海对于我比外国还陌生。我去上海从来只停三五天便急于离开。但哪怕只停两天，我也一定去看子云大姐。甚至还要去上海的原因之一，即是因为李子云大姐在那儿住……她对我多次讲过：她对自己青春立志投身革命的选择，一生从未后悔。我与她之间的几度交谈，每次都涉及了这个题目。但每当谈及拜倒于西方价值的人与作品，子云大姐总是说：‘他们不懂，对那些我们早已了解，我们早已选择过了’。”（《她们那一代知识女性——悼李子云、苏予》）我想，按照蔡老的说法，同在上海，同样具有“少共情结”的茹志鹃喜爱并推崇张承志也就不难理解了。不过，在访谈中，茹志鹃看好张承志，是因为她认为，“从学术上来分析，1930 年代的一批老作家，他们又是作家又是学者。而我们这一代不一样，我们是作家，但我们不是学者。因为环境的关系，我们青年时代是在战火中度过，所以像我这样年龄的人当中，学者很少。而青年一代可以弥补我们这方面的不足”，其中最有希望的是张承志，他既是“作家”，也“是个学者，搞地质的”。

说张承志是“搞地质的”，不知是彦火记录时的笔误，还是茹志鹃回答时的口误。无论是他从北大考古专业毕业后，在中国历史博物馆从事新疆伊犁河流域和河南史前文化的发掘，还是后来进入到中国社会科学院研究生院民族历史语言系，开始进行新疆的民族和历史调查……虽然所做的工作在某种程度上与“地质”有关——张承志曾在《文史》上发表过一篇关于天山硇砂的文章（即《王延德行记与天山硇砂》，后收入《常识的求知——张承志学术散文集》，北京三联书店，2012 年），不只是利用了史料而且利用了地质资料馆的“物证”，自以为“搞出了一篇肯定是正确的文章”，不料却受到导师翁独健先生“整整一小时的训斥”。（《为了暮年》）——但更合适的描述似乎应该是“搞地理的”。尽管那时《北方的河》尚未发表，茹志鹃不可能领略到小说中的“我”对“地理”的沉迷：“对，他心里说，挑选这个专业是对的，地理科学。单是在这样的大自然和人群里，就使他觉得心旷神怡。汉语专业无论怎么好，也不能和这个比，这才是个值得干的事业。我就选中这些河流作为研究方向，他暗暗地下着决心。”可我猜想，她读着《黑骏马》这样真切深情地描述蒙古乌珠穆沁草原的小说——“它不是爱情题材小说”，“它描写的是在北国、在底层，一些平凡女性的人生”（《初遇钢噶·哈拉》）——心中念叨的一定是活生生的“地理”，而非冷冰冰的“地质”。

从“地质”到“地理”，看上去只是一字之差，背后却蕴含着“态度”的某种根本转变：不仅远离所谓“客观”与“中立”，而且拒绝一切“理论先行”和“概念优先”。就像张承志后来在《人文地理概念之下的方法论思考》中说得那样：“一个叫作‘调查’的词正在流行。是的，这个词汇已是天经地义的科学术语，无论它怎样与文化的主体，即民众，从地位到态度保持着傲慢的界限。与之孪生的另一个词是‘田野’。把人、文化主体、人间社会视为“田野”，是令人震惊的。因为对这个术语更熟悉的考古学界，还有地质队员并非如此使用这个词汇。在我们守旧的观念里，只把地层、探方、发掘工地，把相对于室内整理的那一部分工作称之田野。我们从不敢对工地附近的百姓村落，用这个术语来表述。”既然警惕“调查”，区分“田野”，那么“地理”必须处理的“一个巨大的命题”，就是“表述者与文化主人的‘地位关系’”，张承志以摩尔根曾被美洲原住民部落接纳为“养子”为例，指出“养子，这个概念的含义绝非仅仅是形式而已。这是一位真正的知识分子对自己‘地位’的纠正。这是一个解决代言人资格问题的动人例证”；并且企盼“人文地理”“在摩尔根的意味深长的道路上，回归求知的本来意义。首先成为社会和民众的真实成员，然后，再从社会和民众中获得真知灼见。”

所谓“养子”，你一定看出来了，这是张承志的夫子自道。他常常说起自己是蒙古乌珠穆沁草原的“养子”：“我们即便不是闯入者，也是被掷入者；是被六十年代的时代狂潮，卷裹掷抛到千里草原的一群青少年。至于我则早在插队一年以前，就闯入到阿巴哈纳尔旗，品尝过异域的美味。额吉和我的关系并非偶然形成。但我毕竟不是她的亲生儿子，我不愿僭越”。由于这层“养子”的关系，他可以大胆地质疑“血统就是发言权么？难道有了血统就可以无忌地发言么？”但也因为是“养子”的缘故，“至少从《黑骏马》的写作开始，我警觉到自己的纸笔之外，还存在着一种严峻的禁忌。我不是蒙古人，这是一个血统的缘起。我是一个被蒙古游牧文明改造了的人，这是一个力量的缘起。在那时，人们都还只是用四百字或五百字的稿纸的时候，我就总是一边写着一边看见她——那个乌珠穆沁老妇的沉默形象。”（《二十八年的额吉》）在这个意义上，可以说《黑骏马》是张承志实践自己的“人文地理”理想之作，然而这部作品出版之后，却也受到过不少中伤和排斥，以至于他不得不重新思考“文明代言人”的资格问题，注意到“知识分子”和“社会与民众”之间的“闯入者”关系：“从来文化之中就有一种闯入者。这种人会向两极分化。一些或者严谨地或者狂妄地以代言人自居；他们解释着概括着，要不就吮吸着榨取着沉默的文明乳房，在发达的外界功成名就。另一种人大多不为世间知晓，他们大都皈依了或者遵从了沉默的法则。他们在爱得至深的同时也尝到了浓烈的苦味。不仅在双语的边界上，他们在分裂的立场上痛苦。”（《二十八年的额吉》）要不“解释着”，要不“沉默着”……作为“知识分子”的“养子”也难以破解这种二元对立，如此这般的困惑从乌珠穆沁草原到西海固荒原一直困扰着张承志，以至于他在“人文地理”的意义上，寄希望于另类“知识新人”作为“文明内部的发言者”的出现：“所谓人文地理概念也是一样，它正在孕育，并未降生，它正在等着你的描述和参悟，等着它养育的儿女为自己发言。它就是你习以为常的故乡，你饱尝艰辛的亲人，你对之感情深重的大地山河，你的祖国和世界……尽力把对文明的描写和阐释权，交给本地、本族、本国的著述者。”(《人文地理概念之下的方法论思考》)更在“伊斯兰学问”的范围内，呼吁开展“寺里的学术”：“时代呼唤着另一类‘知识分子’在悄悄地出现。不仅回民的门槛里，其他领域也一样：农民的娃娃，如今不一定是文盲了。读书，也并不是太苦的劳动。为了父老乡亲，为了一方水土，农民、阿訇、学生，社会和宗教中的实践者，历史冲突的当事者，以及他们的儿女，决心站出来试着描写自家的文明。立志要拿起笔来的新文人，到处都可能出现。在这新旧世纪之交，旧学术与文明主体之间的矛盾，浮现出来了。”(《寺里的学术》)到这时，张承志已经将自己定位为这类“知识新人”的“秘书或助手”，“我出身学界，但我幻想昔日褴褛的农民，入住学术大雅之堂的未来。感悟他们遭受过的苦难，这一事业不该是名利之饵。它应留给泥巴黄土的农民来做，我的任务只是秘书或助手，尽力帮助他们。”(《为泥足者序》)

但在我看来，“养子”问题的关键，不仅在于“文明”外部或内部的“发言者”以及“旧学术与文明主体之间的矛盾”，更重要的是作为“表述者”的“知识分子”如何理解并懂得处理和作为“文化主人”的“民众”的关系。换句话说，理解张承志“养子”的困惑，“文明”固然要紧，“历史”才是要害。你一定记得吧，竹内好在他那本著名的《鲁迅》的“序章”中，称鲁迅为“中国现代文学”的“现役文学家”：“从‘文学革命’之前直到最后都保持了自己的生命力的，只有鲁迅一个人。鲁迅的死，不是作为历史人物，而是作为现役文学家的死。把鲁迅称为‘支那的高尔基’，就此而言是正确的。为何他会获得如此长的生命？鲁迅不是先觉者。”“鲁迅”不是“先觉者”，“鲁迅”只是“现役文学家”，竹内好看似故作惊人之语的判断，实际上意味着鲁迅身上深刻铭记了现代中国历史的动荡、曲折与前行，“鲁迅文学”则生动折射出现代中国历史本身具有的能量，并进一步从这种能量中吸取了将“历史”“形式化”的动力。在这个意义上，我认为也可以把“张承志”看作是“中国当代文学”的“现役文学家”。也许你会说，中国当代文学六十年，张承志的创作只贯通了后三十年，如何能算“现役文学家”？确实，当代文学六十年，前三十年与后三十年，断裂大于连续，难点在于如何处理“六十年代”。后三十年文学的“起点”，正是建立在对“六十年代”——特别是“文革”——的否定上。从所谓“新时期”开始创作的作家，必然会自觉或不自觉地撇清自己与“六十年代”的关系。如此一来，许多作家仅仅将创作局限于“后三十年”，当然说不上是“中国当代文学”的“现役文学家”。然而，张承志毫无疑问是一个特例，他的创作同样开始于“新时期”，却从一动笔开始就显示出与“六十年代”的深刻联系，并且在后来三十多年的创作中鲜明执着地保持着这种联系，进而从这种联系中不断获得进入新的思想与艺术领域的力量和能力……就像他自己明确表达得那样：“我非但不后悔，而且将永远恪守我从第一次拿起笔时就信奉的‘为人民’的原则。这根本不是一种空洞的概念或说教。这更不是一条将汲即干的浅河。它背后闪烁着那么多生动的面孔和眼神，注释着那么丰满的感受和真实的人情。在必要时我想它会引导出真正的勇敢。哪怕这一套被人鄙夷地讥笑吧，我也不准备放弃。虽然我在丰富、修正和发展它的过程中也不无艰辛。”(《我的桥》)假如说得不妨夸张一点，张承志几乎以一人之力将“中国当代文学”的“前三十年”和“后三十年”联系起来了，尽管这一联系中也充满了内在的紧张、冲突乃至断裂，可张承志不也正是以他长达数十年的笔耕容纳并展现出“连续”和“断裂”之间的辩证关系吗？所以称他为“中国当代文学”的“现役文学家”，你不觉得挺合适吗？

当然，重视张承志与“六十年代”的深刻联系，并非简单地强调他的“老红卫兵”身份——据说“红卫兵”这个名称就是他给起的——实际上，张承志早就对“老红卫兵”这段历史特别是“血统论”有所反思：“这个潜入革命的母体、在1966年突然成了精的怪胎，好像生来就是为了对那伟大的时代实行玷污。我对它不能容忍。它那么肮脏地玷污过，连同我们对革命的憧憬、连同我们少年的热情。在日本出版的《红卫兵的时代》一书中，我讲述了自己的这种心情：‘随着自己的能力增长，我一天天一年年地愈来愈厌恶血统论。我觉得，它在我最纯洁的少年时代侮辱过我，或者说，它使我在自己的人生中有过因恐惧而媚俗的经历。我因此而极端地仇视它。’”(《四十年的卢沟桥》)这种饱含感情的反思体现出张承志不一样的对“六十年代”的坚持，他不是执拗地固守过去的旧梦，也不是怀旧式缅想逝去的时光，而是首先直面“六十年代”的曲折、顿挫乃至异化和失败。譬如他为什么四十年念念不忘遇罗克，不是因为遇罗克是他的老朋友，“我不仅不认识遇罗克，甚至不熟悉他的故事。他于我只是1966年—1967年的那个印象，如一个陌生的符号。但我知道，没有谁能如他，数十年如一日在我的灵魂暗处，一直凝视着我”，之所以难以忘怀《出身论》，是由于“我在很久之后也没有弄明白：究竟为了什么，专政的铁拳会狠狠打在了一面认真研究着党的政策和毛泽东思想，一面顺应着全社会对血统主义批判的《出身论》作者的头上。历史脚步在当时的具体痕迹，悖乎人想当然的估计。其实人早就被深刻地分类对待了。这是一种异化的迹象。只不过，不管是当时高人一等的一方，与感受歧视的另一方，都没看见社会这更深的一层。”(《四十年的卢沟桥》)但与那些借“文革”时遇害的遇罗克来否定“六十年代”的当代“伪知识分子”截然不同的是，张承志重新肯定了遇罗克对“六十年代”精神的坚持，那就是“敢于反抗歧视，决意与被歧视者站在一起”。然而，今天的知识分子是否还像遇罗克那样“敢于站到受辱的那一翼去”呢？“在歌舞升平的此时，如招人嗤笑的一种怪谈。但它又确是知识分子优劣的标尺，是戳破伪学、伪文学和取媚体制的伪知识分子的利器。哪怕恰是那些人，多把遇罗克挂在嘴上。”

很显然，在张承志论述中，“遇罗克”作为“六十年代”的“转喻”，具有了双重功能：一方面他的遇害标示出“六十年代”异化的危机，另一方面他的遭遇在当下被“伪知识分子”用来否定“六十年代”，恰恰证明在新的语境下坚持并转化“六十年代”的必要性与迫切性。对于张承志来说，面对“六十年代”的曲折、顿挫乃至异化，不是简单地承认“六十年代”的失败，而是如何在当代也许更严酷的条件下重新阐释“六十年代” 精神，为它努力寻找超克“异化”的“新形式”——正如他在“六十年代”读到瞿秋白的《多余的话》，这也是一部常常用来质疑牺牲、告别革命的篇什，“为他的华章打动的人愤慨批评：自有政党以来，无一个党首或者党员，能如瞿秋白那样解剖自己”，不过，张承志更警惕的是，“若这种批评于不假思索之间，以文人否定了战士、以文辞之技贬低了社会斗争的话，这批评就没有脱离小人之心的低级趣味，它跳跃而不高，难度君子之腹”。《多余的话》尽管暴露了革命内在的紧张，但它的根柢依然是革命的，“‘多余的话’写的是革命，它痛苦地掩饰着失败志士的心情。正是这些话，透露了瞿秋白的——不惜身的心理倾向。这是他埋藏最深的心理。也许，这也是革命的埋藏最深的遗产。”(《秋华与冬雪》)——无论是“敢于站到受辱的那一翼去”，还是为了反抗不义和歧视“不惜身的心理倾向”，作为“革命的埋藏最深的遗产”，构成了张承志艰辛地“丰富、修正和发展”“六十年代”精神的最动人的底色。正是在这种底色上，他才能底气十足地用这样的方式来“祭奠遇难的遇罗克”和“纪念红卫兵诞生四十周年”：“当我在八十年代末，看着自己的双脚走在贫瘠的黄土高原上的时候，我确实感到过一种踏实。因为那时我的心里似乎掠过了一丝欣慰，我意识到：也许我可以面对那位陌生的死者了。和一个受到曲解、歧视、压迫的群体在一起誉毁与共，

尽我微薄之力，还他们以尊严——原来这就是我苦求不得的形式！”(《四十年的卢沟桥》)

时隔40年，张承志终于说他也许“可以面对那位陌生的死者了”，实际上意味着他找到了在今天如何面对并转化“六十年代”的某种独特方式。借助对这种方式的勾画，我想你或许更能理解我说的“养子”问题——或者套用张承志那篇著名小说的题目，就是“骑手为什么要歌唱母亲”？——既关乎“文明”，但更关键的还是“历史”。在“六十年代”及其背后漫长的中国革命所锻造的决定性历史视域中，人民至高无上，人民就是伟大的母亲！文学的“人民性”原则之所以不可动摇，对应的正是这种革命历史形成的人民至高无上的宪制权力。但“文学”不同于“宪法”，抽象的“人民性”对于一个作家来说，须要具体化为实实在在的“母亲”形象。由此而来，任何“人民性”的写作都转化为“骑手”对“母亲”的歌唱：“我特别铭记着在我年轻时给予过我关键的扶助、温暖和影响的几位老母亲……那蒙古族的额吉、哈萨克族的切夏、回族的妈妈，看见她们正默默地在那条漫长的长坂上缓缓前行，并耗尽着她们微小平凡的一生。于是我写道：我是她们的儿子。现在已经轮到我去攀登这长长的上坡。再苦我也能忍受，因为我脚踏着母亲的人生。”(《我的桥》)这段话几乎可以看作是张承志的写作宗旨，就像你的这本新书题目《在底层深处》所揭示的那样，张承志迄今为止所有的创作，都是扎根于人民、母亲、底层的“深处”，随着空间的扩展，从内蒙古大草原到新疆盆地、西海固荒野抵达至安达卢西亚“鲜花的废墟”……随着时间的延伸，从当下此刻、六十年代、红军长征、回疆起义追寻到历史黝黑的深处……他通过“沉重的文学劳动”，时时体会到“认识的不易和形式的难以捕捉”，不断用“小说”“散文”“随笔”乃至别的什么文体，“只要它与所描写的那种独特文化在分寸、精神、色调和节奏上相和谐”，就拿来为“人民”赋形，替“底层”发声，让“母亲”出场……直至某座寺里的“账本”，“没有事的时候，我就把账本子翻一翻。久了我感到，这账本子里面，简直就是清真寺记录的、整整一本子社会学经济学。会计算盘敲下的、数码字一页页抄下的流水账，记着老王的五毛钱乜帖、老李家三只羊，记着灾害年头的欠款，记着海外的移民关系，记着本地砖瓦木工的价格，记着村庄消长的财力，还有——烧煤支出多少、打粮支出多少、念经收入寺里留多少、阿訇落多少，培养着几个满拉、养着几只羊、坊上一共多少高目（教下）、各姓的根底来源、企业家出散了多少……一本账，好像是一坊一村的川流不息的历史。”（《寺里的学术》）

有字书，无字书；语言的世界，生活的世界……犹如张承志常常喜欢引用的《福乐智慧》(玉素甫·哈斯哈吉甫)中的两句诗:"我说了话,写了书 / 伸手抓住了两个世界。"作为一个以语言为业的写作者,一个以表达为职的"表述者","母亲"不只是纸面的形象,更是"母语"的节奏和旋律。张承志写于1985年的那篇《美文的沙漠》,很长时间我们都把它当作"八五新潮"中"语言自觉"的代表作,最喜欢引用的要不就是"美文不可译"的尖锐观点,要不就是那段对"小说语言"的精彩描述:"也许一篇小说应该是这样的:句子和段落构成了多层多角的空间,在支架上和空白间潜隐着作者的感受和认识,勇敢和回避,呐喊和难言,旗帜般的象征,心血斑斑的披沥。它精致、宏大、机警的安排和失控的倾诉堆于一纸,在深刻和深情的支柱下跳动着一个活着的魂。当词汇变成了泥土砖石,源源砌上作品的建筑时,汉语开始闪烁起不可思议的光。情感和心境像水一样,使一个个词汇变化了原来的印象,浸泡在一片新鲜的含义里。勇敢地突破制造了新词,牢牢地嵌上了非它不可的那个位置;深沉的体会又挖掘了旧义,使最普通的常用字突然亮起了一种朴素又强烈的本质之辉"……却从根本上忘了无论"美"的意涵,还是"汉语"的光芒,如果离开了"母语""中国"和"中华民族"的内在关联与先在前提,只能沦为"形式"的"游戏":"母语的含义是神秘的,我其实是在很晚以后，才多少意识到自己属于中国人中间的一支特殊血缘——因为回族是我国唯一的一个外来民族。然而一支异乡人在中国内地、在汉文明的大海中离聚浮沉，居然为自己重新选择了母语——这个历史使我感到惊奇。在文学创作的劳动中，我至今还没有机会写一写使用这种语言曾带给我的种种美好感受。我记得我曾经惊奇：惊奇汉语中变幻无尽的表现力和包容力，惊奇在写作劳动中自己得到的净化与改造。也可能，我只是在些微地感到了它——感到了美文的诱惑之后，才正式滋生出了一种祖国意识，才开始有了一种大人气（？）些的对中华民族及其文明的热爱和自豪。"（《美文的沙漠》）这段文字包含了"回汉民族""汉文明与汉语""母语、祖国和中华民族"等错综复杂的关系，值得深入解读。老何最近发表的讨论张承志"中国观"的文章（何吉贤：《一位"当代"中国作家的"中国观"——理解张承志的一个视角》，载《民族文学研究》2016 年 2 期），想必你已经读过了。他也曾引用这段话，试图说明张承志通过对"美"和"美文"的体认，建立起对中国文化的认同："美则生，失美则死——即使文明失败了，人们也应该看见：还有以美为生的中国人。"（《无援的思想》）

我的关注点与老何略有不同，在这儿只是想强调，透过《美文的沙漠》，张承志的确表达出了某种"语言的自觉"，但这一自觉与那种将“语言”“对象化”和“客观化”的“形式主义”路向迥然有别，反而更深刻地标志出“语言”必须以“母语”“民族”和“祖国”为前提才能重新回到“自身”；而这种“语言”回到“自身”的过程，必然要求作家将自己的生命体验、民族意识和国家认同转化为对某种最适合表达的“语言形式”的探求：“我们这一代年轻（？）作家由于历史的安排，都有过一段深入而艰辛的底层体验。由于这一点而造成的我们的人民意识和自由意识，也许是我们建立对自己的文学审美和判断的重要基础。换句话就是说，继国际、国内的例子之后，现在谈到的是对自己‘翻译’的可能性问题。”所谓自己“翻译”的可能性，套用张承志小说的题目，也就是一个作家不仅要回答“骑手为什么歌唱母亲”，还要进一步探索“骑手用什么语言歌唱母亲”：“我们毕竟有了人民和自由这两种意识做基础，我们还可以不断地体察生活、领悟历史、捉摸艺术。我想说的只是，在我只能循着命定的方式追寻我观念中的美文的过程中，我希望自己耳中总能听见人民和历史的脚步。我企图用听见的这种声音矫正自己的方向和姿势，把被动和主动调和起来。”（《美文的沙漠》）“把被动和主动调和起来”，说得多好啊！我想，这就是张承志文学的“人民性”既能保持高度的社会介入，同时又不失高超的艺术追求的奥秘之所在吧！

不好意思，这封信已经写得够长了。读你的新著，固然常能感受到论述上酣畅淋漓的痛快，但更多的时候和你一样陷入与张承志纠缠不休、肉搏不止的境地，恐慌并困惑于不知道他会把我们带往何方。因为张承志的写作横跨文学、历史、地理、宗教和民族等多个领域，打破了以汉语文学／文化为中心的限制，将广阔的蒙回边疆、阿拉伯世界，乃至日本和西班牙都纳入到行走与思考的版图中，对于我们这些做当代文学批评和研究的人来说，他确实构成了一个巨大的存在和挑战。按照老何的说法，这甚至成了当代文学批评的“张承志难题”，而这一“难题”如此触目，更是体现了中国当代文学研究界乃至思想界在知识与视野上的局限：“提出这一‘难题’，是为了说明它的背后所指向的，是如何理解中国，如何理解中国在当代世界的处境？这样一个问题。今天，随着中国和世界形势的变化，张承志提出和讨论的问题，如中国的边疆民族问题、西北内陆问题、伊斯兰问题、关于 60 年代的革命问题，都已成为非常尖锐的学术、思想和现实的问题。我把张承志对这些问题的思考和回答归结为对‘中国’的理解。”（《一位“当代”中国作家的“中国观”——理解张承志的一个视角》）面对这一系列尖锐的问题，真可谓“墨到浓时惊无语”。假如要从整体上把握张承志的问题意识，恐怕需要更多人更长时间的努力，甚至可以借用张承志《牧人手记》“小序”中的说法：“我觉得真正活生生地分析蒙古游牧文化的著作，应当产生于牧民的儿子之间。虽然比例和概率会非常之小，虽然前定在成全这样一个人之前要严厉地要求他的许多素质，虽然他不仅忠诚于游牧民族的本质还要具备广阔的胸怀和真理的原则；但是我坚信，游牧文化的母亲一定会养育出这样的优秀儿子……未来由牧民的孩子们创造的游牧世界的文学形象和学术体系，一定将挟裹着风雪的寒气、携带着羊皮的温暖、遵循着四季的周始和五畜的规律，以全套的牧人话语被描写出来，人人都可以等待，这种局面必将出现。”同样，人们也深切地期待“真正能活生生分析”“张承志文学”的研究者，但在这样的优秀研究者没有出现之前，我们自知各种难以避免的局限，却也只好相互扶持，勉力为之了。

祝

笔健！

罗岗

2016 年 7 月 7 日，于上海，匆匆草就

张承志文学创作年表

1978 年 夏，在研究生考试后写作蒙文诗《Arat-un hu boln-a》（做人民之子）及短篇小说《骑手为什么歌唱母亲》，因后者获第一届全国优秀短篇小说奖，而开始文学道路。

1981 年 夏天，重返阔别的内蒙古草原。

10 月，毕业于中国社会科学院研究生院民族历史语言系，获历史学硕士。

12 月，中篇小说《黑骏马》完成。

1982 年 年底，第一本小说集《老桥》编成。

1983 年 5 月，赴日本东洋文库进修。参加 UNESCO 举办的暑期土耳其语基础讲座。在东京外国语大学旁听小泽重男的《元朝秘史》。

写作游牧社会学概要书《蒙古大草原游牧志》。

同时被歌手冈林信康的艺术吸引，归国前完成《绝望的前卫》。

中篇小说《北方的河》在日本校订。

1984 年 6 月初自日本归国。为梵高的绘画和故事所震撼。

是夏,再回乌珠穆沁草原。秋天,赴新疆调查。

12 月,初次进入西海固腹地的农村。此后多年,在甘、宁、新等地的农村下乡。

1985 年 6 月写成短篇小说《GRAFFITI——胡涂乱抹》,刊于同年 11 期《上海文学》。

12 月，由业师翁独健先生亲笔题署书名的小说集《北方的河》编成。

1987 年 长篇小说《金牧场》出版。

8 月调入海军创作室。

1988年 写作下列诗体作品：

3月,《海骚》;

4月,《黑山羊谣》。

同时更频繁地在黄土高原农村下乡。

1989年 第一个散文集《绿风土》出版。

3月,《错开的花》。

6月号《文汇月刊》发表中篇小说《西省暗杀考》。

9月,开始写作《心灵史》。

12月,从海军退职(复员),辞退一切公职待遇。

1990年 3月,《心灵史》写成,交花城出版社。

为青年阿訇做秘书工作,校订他们译自阿拉伯—波斯文的宗教史典籍《热什哈尔》。

8月,散文《天道立秋》写成。

11月,赴日本。

在日本岩波书店《世界》杂志连载,并在"岩波新书"出版文库本《红卫兵时代》。

1991年 《心灵史》出版。

日本著名中国伊斯兰学者佐口透在论文《中国穆

斯林研究的回顾与展望——民族研究所及其遗产》（刊“内陆亚细亚史研究”< 内ロアジア研究 >1996 年第 11 号）中高度评价张承志工作的学术价值。

为冈林信康的 CD《信康》写作“解说”。

日本中央公论社出版《从回教看中国》。此为第一册张承志独立使用日文写成的著作。

1992 年 在东洋文库，与友人合作学术著作《哲赫忍耶教团历史——殉教的中国伊斯兰》。

诗体作品集《神示的诗篇》在香港出版。

1993 年 4 月，就职日本爱知大学，任法学部助教授。带领学生进行“六十年代的世界与青年”讲座研讨。

在毛泽东诞辰 100 周年，应约为《世界》纪念专辑用日文写作《毛主席 Greffitti》。

1994 年 年初，提前结束契约，归国。

散文集《荒芜英雄路》出版。

1995 年 3 月，此期较为着力的散文有《三舍之避》及《心上关山》。

4 月，获中国唯一一次民间主办的、根据作者全部作品审选、每届只评一人的首届爱文文学奖。在授奖仪式上，发表《首届爱文文学奖获奖致辞》。

自是年起，连续三年赴新疆，比较和学习维吾尔文明的知识。此年赴帕米尔高原及南疆各地，并开始写作系列的阐释新疆的论文与散文：10 月，《冰山之父》；11 月，《正午的喀什》；1996 年 6 月，论文《从象牙塔到吐鲁番》；1998 年，《面纱随笔》；2001 年，《文明的入门》。

编辑了新疆题材专集，由香港明报出版为“当代中国文库精读”之一。此书并被湖南文艺版五卷本“张承志文集”收入，书题《冰山之父》。

在北京完稿的日文散文集《鞍与笔》(自己用日文写作的第二本书)在东京出版。

《张承志文学作品选集》四卷，在海南出版社出版。

1996 年 在云南农村的小村寨里，迎来元旦。散文《小寨新年》、散文集《清洁的精神》(修订版)出版。

3 月，针对攻讦及歧视，写成《墨虽浓惊无语》。

6 月，在蒙古额吉去世后，自 20 世纪 80 年代以来又一次重赴乌珠穆沁草原。

8 月,在北京家中,接待来自西海固回民区的农民朋友。

9 月,再赴南疆,在维吾尔社会深处探寻苏菲的源流。

岁末,为纪念这一年写作《让潮水三次淹没》。

《牧人笔记》出版。

12 月, 在中国作协第一届全国委员会上的表决中,就选举方法投弃权票。

1997 年 继协助在三联书店出版农民学者翻译的《热什哈尔》之后,又为这份重要史料译著《热什哈尔》的台湾繁体字版,代理著作权事务。

长篇小说《金牧场》的缩减版《金草地》出版。

7 月,赴乌珠穆沁草原。

12 月,又赴新疆。不意获知了哲赫忍耶派别的起源。在寒冬季节的吐鲁番和伊犁,度过宝贵的日子。归途再去河州、宁夏、平凉,并抵达枯水的黄河壶口。

冈林信康在日文版《北方的河》封面围带上,破例亲自撰写短文。

1998 年 散文集《鞍与笔》(与同名日文书内容不同)出版。

3 月起,主编《三联人文地理》杂志试刊。

写作发刊词《人文地理概念下诸学科的方法论问题》。此文与散文《二十八年的额吉》等作品一起,提出了“文明的内部发言”“文明代言人的资格”等理论观点。

抵达以前在小说中想象的黑龙江。有意识地写作包涵复数文化的散文。是年 3 月《粗饮茶》、4 月《音乐履历》写成。

1999 年 出版摄影散文集《大陆与情感》。

为了深入了解中国南方文化,3 月赴江西,登庐山,踏查陶渊明的栗里。继赴绍兴,拜访山阴道上的名胜古迹。地理散文《水路越梅关》在准备之中。

7 月,遍游甘肃河州各县。过河入青海,西马营。再访关川。

新散文集《以笔为旗》出版,自己设计封面。

开始在大西北的清真寺,讲解学术研究的方法论。与这一实践同步的论文《寺里的学术》,已至三稿。

10—12 月，开拓新的世界学习，首次奔赴西班牙。深入地中海西部的穆斯林历史。

2000 年 3 月，再访江西。登梅岭、井冈山。

8 月盛夏，赴酷暑的乌珠穆沁草原。

是年前后，继续留意作品的学术性。它们涉及的学科分别有——

考古学：《时代的召唤与时代的限制》；

社会学：《一页的翻过》（2000 年 4 月）；

伊斯兰研究：《刘介廉的五更月》《双联璧》（2000 年 7 月）；

古代交通史：《水路越梅关》（2000 年斋月）；

思想史：《波斯的礼物》（2000 年 6 月）。

腊月，再入黄土高原，在久别的山村，与农民朋友重逢。

2001 年 于除夕归京。

3 月，第三次游学江西，访景德镇、婺源、王安石故乡东乡、吉安、吉水、瑞金；并进入福建，拜访泉州圣友寺。

7 月赴青海，踏查祁连山脉南麓、大通河流域及扁都口、黄河李家峡以及东部农业区。

8 月，继腊月之旅后，再进旱灾中的西海固。

继续写作学术内涵的散文——

建筑：《石头的胜利》（2001 年 10 月）；

植物：《幻视的橄榄树》（2001 年 8 月）；

新疆研究：《文明的入门》（2001 年 12 月）等。

新散文集《一册山河》出版。

10 月，游浙江再上山阴道，访徐锡麟烈士遗迹。游舟山、上海，看古代港口形势。回山东故乡。

青海人民出版社出版《张承志 20 年散文选》。

2003 年 1—4 月，第二次西班牙调查。遍走西班牙、摩洛哥、葡萄牙的历史旧地和农村。

9 月，赴新疆。在天山南北巡游新疆全境。遍及昌吉、伊犁，从库尔勒经沙漠路进入塔里木南缘，遍访昔日的旧友。

2005 年 应《南方周末》纪念苏珊·桑塔格而写作的《他人的尊严》，反被《南方周末》拒绝发表。西方“知识分子的傲慢”命题。

出版《鲜花的废墟——安达卢斯纪行》，此为对世界学习的一次总结，也是第一本描述外国的著作。

6 月，讲演河州城。

2006 年 远赴秘鲁、墨西哥三个月。了解拉丁美洲的 16 世纪及殖民世纪历史。对安第斯山腹地、亚马孙河丛林、太平洋沿岸、印第安人、殖民地及教育，白银，土豆、玉米等作物的传播，有了宝贵的认识。

为反省“文化大革命”中的血统论并纪念红卫兵诞生 40 周年，写作《四十年的卢沟桥》。

秋，赴日本两月，日本历史文化调查。

组织阿拉伯文与汉译对照的宗教典籍《曼丹叶合》的出版。

2007 年 独自以学术散文《掩卷追怀亦邻真》，纪念蒙古史业师翁独健先生诞辰 100 周年。

新散文集《聋子的耳朵》出版。

四川，松潘。经若尔盖抵达甘南。再访东乡，帮助红军流散人员。

2008 年 曲阳、龙泉关、五台山。

4—6 月，赴古巴、西班牙两个月。了解古巴的殖民时代与革命时代。在西班牙南部调查摩里斯科历史。

第二本描述外国的著作、散文体的日本概论《敬重与惜别——致日本》出版。书中以对大中华天朝思想的自省、以警告中国思想界浸淫传染的大国主义危险为武器，分析批判日本明治维新以来的“脱亚入欧”国策，呼吁新的亚细亚主义。

2009 年 1 月，在海峡两岸暨香港、澳门华人抗议以色列入侵加沙的网上联合声明书上动员中国知识分子和穆斯林踊跃签字。

在《读书》杂志开设题为“尚能学否”的不定期专栏。

夏季赴柴达木盆地西端，访问荒漠尽头的马海哈萨克安置地。

10 月，再访西海固、将台堡与陈田玉。散文《重逢关川》写成。

多年神交的北庄老人家马进城逝世。用短信发出唁电。

组织印成一册农民学者研究乃格什板顶耶源流的粗糙论文集。《为泥足者序》写成，批判体制豢养的伊斯兰学者及其方法论。

2010 年 2 月，写成寓言《磨坊目击记》。3 月正式开始《心灵史》修改。

4 月,《敬重与惜别》获“第八届华语文学大奖盛典”年度散文家奖,在颁奖会上使用 1995 年的旧作《首届爱文文学奖获奖致辞》。

6 月 20 日，在北大国家发展研究院讲演，题为《常识的求知》。

6 月,全国高考语文卷采用《大河家》为试题。

夏季赴青海,新散文集《你的微笑》由青海人民出版社出版。

动员西宁穆斯林援建的哈萨克马海安置区清真寺建成。

总结对从祁连山到积石山的甘青边界地域长达十数年的文化追究,发表《凡生命尽予收容》。

11 月,再访日本,在明治学院大学发表日文写作的讲演稿。题为《四十年之初衷未曾敢弃》(敢えて四十年の初心を抱えて)。

2011 年 2 月,第二次倾注全力于《心灵史》的修改。

夏季赴青海即写即编,编成绘画、速写、草图合集的美术散文集《涂画的旅程》,9 月出版,邀请各族农村友人聚会。

9 月,《心灵史》修订版完成。在西北两座城市前后进入编辑阶段。编辑过程中,仍有重要的修改。

2012 年 《心灵史》改定版 750 册以真皮封面、银徽嵌饰、毛笔签字、孤版钤封的豪华装帧问世。书上明印对读者的允诺:收益将全数用于扶贫。5 月 24 日,精印的成品运抵北京。7 月上旬,书以每册 1500 元的收藏价格销空。

9 月 7 日,前赴中东。

9 月 12—15 日,在约旦境内的巴勒斯坦难民营,将《心灵史》改定版所获收益实施捐献。一共对五个村庄、计 476 户巴勒斯坦难民及约旦穷苦农民,捐献了十万美元。五次演讲《越过死海》。

10—11 月,在上海亚洲思想论坛、南京大学、复旦大学以及北京,共五次公开汇报此次巴勒斯坦难民营的捐献行动。

为强调少数民族的母语权利,长篇散文《启蒙的历程》发表。

2013 年 4 月,短暂韩国之旅。9 月,念盼的土耳其之旅实现。震惊于奥斯曼帝国的文化辉煌,流连忘返。

10 月 26 日，在日本中央大学骏河台纪念馆，用日语进行最后一次以《心灵史》收益援助巴勒斯坦难民行动的宣传讲演。题目：《从红卫兵到巴勒斯坦》。

2014 年 9 月，再访马来西亚。再次观察马六甲海峡，特别在新山感受东南亚的殖民时代。

9 月 19 日，在《回族文学》2014 年特别奖授奖仪式上宣言：自己追求的人生大奖是“ رضوان الله (Riḍwan Allah)，主的喜爱”。

12 月，上海文艺出版社《张承志文集》12 卷，分平装、精装出版。

同期，北京东方出版集团《张承志作品系列》10 卷，按内容分类出版。

2015 年 最新散文集《越过死海》由上海文艺出版社出版。

《敬重与惜别——致日本》日文版《中国与日本——把批判之刃对向自己》经五年之久的翻译，在日本亚纪书房出版。

2016 年 描述朝觐、呼吁伊斯兰与世界上一切进步人群结合的长篇散文《英特那雄纳尔一定要实现》写成。同时，尝试解读《古兰经》思想的长篇笔记《轻轻地触碰》，分三期在《读书》杂志发表。

2016 年至 2018 年 在汉口、虎门、淇澳岛、澳门、香港、湛江、广州等地旅行，考察中国半殖民地遗迹。

在日本北海道、鹿儿岛、长野、佐渡岛，继续进行日本历史调查和求学之旅。